Die gute Zeit ist nah

Die gute Zeit ist nah

24 unterhaltsame Geschichten im Advent

benno

Bibliografische Information der Deutschen Nationalbibliothek
Die Deutsche Nationalbibliothek verzeichnet diese Publikation in der Deutschen Nationalbibliografie; detaillierte bibliografische Daten sind im Internet unter http://dnb.d-nb.de abrufbar.

ISBN 978-3-7462-5477-7

Zusammenstellung: Volker Bauch, Göβnitz
Umschlaggestaltung: Ulrike Vetter, Leipzig
Umschlagmotiv: © Neirfy/Shutterstock
Gesamtherstellung: Kontext, Dresden (A)

Inhaltsverzeichnis

eins 6
2 10
3 16
4 29
5 32
6 37
SIEBEN 43
8 46
9 59
10 64
11 67
12 73
dreizehn 76
14 80
15 85
16 94
17 105
ACHTZEHN 112
19 117
20 122
21 127
22 133
23 143
24 149

eins

Advent

Eva Corino

Plötzlich hatten sie das dringende Bedürfnis, die Stadt zu verlassen. Sie wollten den Wald sehen, Bäume, gefrorene Blätter auf dem Boden.
Sie suchten nach einer Karte vom Berliner Umland. Dort, hinter Frohnau, schien es ein größeres Waldstück zu geben, das nächstgelegene von hier aus.
Es war ein kalter Tag im Dezember. M. stand fröstelnd vor ihrem Kleiderschrank und suchte nach einem Unterhemd, einem wärmenden, biederen, baumwollenen Unterhemd. Und sie stellte fest, dass sie keines besaß. Sie hatte fast nur Kleidung, die die Mitte ihres Körpers freiließ, kurze T-Shirts und Jeans, die sehr tief auf ihrer Hüfte saßen.
Sie lieh sich ein Unterhemd von J. Er gehörte zu den wenigen, die noch diese weißen Feinripp-Garnituren trugen. Im Grunde war er ja ein Progressiver, aber in puncto Unterwäsche war das altmodische Bekenntnis zu Qualität und Tradition etwas, das sie für ihn einnahm. Er hatte auch einmal „Targa“ statt „Tanga“ gesagt. Witz, Versprecher oder ein Beweis seiner Unschuld? Sie war sich noch nicht ganz sicher.

Sie fuhren zwanzig Minuten mit der S-Bahn. In Frohnau stiegen sie aus: Einfamilienhäuser mit umzäunten Gärten, überall Parkplätze und Autos mit großem Kofferraum. Keine Coffee-to-go-Theken, keine Theater, keine Geschäfte mit kreativen Namen. Konnte man hier überhaupt leben? M. spähte skeptisch durch die Fenster. Aber die Zimmer dahinter erschienen ihr leer.
Bald fanden sie den Eingang zum Wald und liefen los. Sie sprachen nicht viel, sahen den Atem aus ihren Mündern steigen. Fast vermieden sie, einander anzusehen. Einmal taten sie es doch, lächelten kurz und schauten wieder nach vorn. Der Weg hatte eine lange Steigung, sie spürte, wie seine Hand sie mit sich zog, damit sie Schritt halten konnte. Denn er war groß, machte große Schritte und mochte das: Weitausgreifend so mit ihr dahinzuschreiten! Auf dem höchsten Punkt angekommen, hatten sie plötzlich Lust, vom Weg abzugehen und sich durch eine dichte Tannenschonung zu schlagen, immer wieder die kratzigen Zweige zur Seite schiebend. Plötzlich befanden sie sich auf einer Lichtung, auf der zwei einzelne Laubbäume standen, Buchen wahrscheinlich, die wie aus einer gemeinsamen Wurzel in die Höhe ragten.
Und weiter ging's, einfach drauflos, bis sie nicht mehr wussten, wo sie waren. Die Kälte kroch ih-

nen unter die Mäntel und M. wurde langsam unruhig. Warum musste er immer Abkürzungen machen, die eigentlich Umwege waren? Er liebte das, er sagte „Abk." dazu. „Abk. – dass ich nicht lache!", sagte sie und stolperte über eine Wurzel.
Er half ihr auf, rings um sie wuchs das Dunkel. Und irgendwann begann M. zu singen: *Da haben die Dornen Rosen getragen* ... Sie spürte das Mädchen in sich, das Mädchen, das sie gewesen war, die beiden seitlichen Zöpfe, die ihre Mutter ihr geflochten hatte. Und sie hielt einen Moment still, damit der Scheitel nicht zu schief wurde. Plötzlich spürte sie etwas von der kindlichen Ungeduld, die sie früher schon in den Adventstagen erfasst hatte. Wenn sie mit den Fingern einen Fetzen Haut aus ihrem heißen Kakao holte. Wenn sie ein ungeliebtes Spielzeug in ein zerknittertes Stück Zeitungspapier wickelte. Oder wenn sie ihre Flöte in die Tasche steckte, bevor sie zu irgendeiner Weihnachtsfeier in den Turnverein fuhr ... Noch ein wenig lauter sang sie, fast trotzig: *Als das Kindlein durch den Wald getragen, da haben die Dornen Rosen getragen.*
J. summte dazu, ein wenig verlegen. M. dachte daran, dass er gesagt hatte, er sei „nur extrovertiert aus Erfahrung". Und auf einmal waren sie wieder auf der Lichtung. War das dieselbe? Oder hatten sie beim ersten Mal bloß nicht richtig hingese-

hen? Denn jetzt waren es drei Buchen, die so verschworen beieinanderstanden. Sie drängten sich zwischen die grauen Stämme, deren Rinde rau war und glatt zugleich.
Dann setzten sie ihren Weg durch das Dickicht fort, aber nun ja, die Wälder um Berlin sind endlich und nicht geeignet, darin verloren zu gehen. In Frohnau waren inzwischen die Lichter angegangen, in den Küchen und Esszimmern herrschte Betriebsamkeit, Tische wurden gedeckt, Ranzen gepackt, Legosteine verbaut und Lieblingspuppen gefüttert. Auch wenn die Fenster geschlossen waren, glaubte M., Gelächter und weihnachtliche Klänge zu hören.
Konnte man überhaupt aushalten, hier *nicht* zu leben? Und hatte sie nicht schon genug Kaffee aus Pappbechern getrunken, Theater besucht und Geschäfte mit kreativen Namen? Und ein Gefühl beschlich sie, dass sich ausdehnte und Besitz von ihr ergriff: Vorfreude?
Vor ein paar Tagen war eine fünfzehn Jahre ältere Freundin in ihre noch provisorisch eingerichtete Wohnung gekommen. Sie hatte eine große Kerze auf den Tisch gestellt und zu M. gesagt: „Ich freue mich ja so, dass du schwanger bist!"

2

Weihnachten mit Otto

Gerhard P. Steil

Kennen Sie das?
Weihnachten steht vor der Tür. Auf Schritt und Tritt wird man von glitzernden Weihnachtsmännern verfolgt, und kaum ein Fenster ist zu sehen, aus dem nicht eine besinnliche Weihnachtsstimmung ins Freie drängt. In den Vorgärten haben sich die Bäume festlich herausgeputzt, und es sind längst nicht mehr nur Tannenbäume, die mit christlichem LED-Gefunkel unsere Nächte erhellen.
Meine Gattin hat es wie immer auf die Spitze getrieben, als sie das kleine Gartentor mit dem Wunderstern aus Bethlehem geschmückt hat, der zu allem Überfluss mit seinem hellen Schweif die halbe Nachbarschaft erhellt. Aber was vorerst nur eine Randnotiz für mich war, das sollte an diesem Abend für mich noch eine tiefere Bedeutung erhalten.

Jetzt aber standen andere Dinge im Vordergrund. Mein kleiner Freund Otto scharrte bereits mit den Hufen und war kaum noch zu bändigen.
Otto von Urbruch war ein höchst lebendiger York-

shire-Terrier, den das übliche Weihnachtstheater völlig kalt ließ und der um diese Tageszeit nur seine Jagdtriebe stillen wollte, die er am besten auf dem verwilderten Baugrundstück in unserer Nachbarschaft ausleben konnte. Die Sonne war längst untergegangen und die gigantische Anzahl von Sternen am Himmelszelt verpasste an diesem späten Abend die Chance, am irdischen Lichterfest teilzunehmen, weil sie nicht in der Lage waren, die dicke Wolkendecke mit ihrer Leuchtkraft zu durchdringen. Ich hatte vorgesorgt und konnte, mit einer Taschenlampe bewaffnet, dem kleinen Hund gerade so folgen. Es gab kein Geräusch, auf das der Racker nicht reagierte und das er nicht mit einem wilden Satz näher ergründen musste.
Zehn Minuten wollte ich ihm geben, bis wir uns wieder auf den Heimweg machen würden. Ich hätte meine Taschenlampe gar nicht benötigt, weil ich jede seiner Bewegungen am knackenden Gehölz und dem Rascheln der aufgewirbelten Blätter verfolgen konnte. Umso unwirklicher wirkte die Stille auf mich, als jedes Geräusch von einer Sekunde auf die andere verstummte.

Er war bestenfalls 20 Meter von mir entfernt, als ich ihn hinter einem Erdhügel verschwinden sah. Ich musste mir eigentlich keine Gedanken machen.

Otto hörte aufs Wort und würde blitzartig bei mir erscheinen, wenn ich nach ihm rufen würde. Aber an diesem Abend sollte ich eine Überraschung erleben. Auf mein Rufen erfolgte keine Reaktion. Ich bewegte mich nun etwas schneller in seine Richtung, und meine Stimme begann sich nun schon deutlich ungeduldiger anzuhören. Aber mein Otto reagierte noch immer nicht. Das war völlig neu für mich, und so langsam spürte ich eine gewisse Nervosität aufkommen. Wo hatte sich der Kerl versteckt? Im Lichtkegel meiner Taschenlampe konnte ich außer undurchdringlichem Gestrüpp und ein paar Eingängen zu unterschiedlich großen Kaninchenbauten nichts Ungewöhnliches erkennen.

Es war kalt an diesem Dezemberabend. Aber nach dieser Entdeckung spürte ich, wie mir langsam aber sicher Schweißperlen auf die Stirn traten. Ich begann plötzlich zu ahnen, wohin der Racker verschwunden sein könnte. Ich verstärkte meine Fahndungsbemühungen und meine Stimme konnte für Otto nicht mehr überhörbar sein.
Ich würde nicht sagen, dass ich in diesem Moment einen Anflug von Panik empfand, aber die Situation wurde jetzt zunehmend ungemütlicher. Inzwischen hatte ich keinen Zweifel mehr, dass der Kerl in einem dieser Hasenlöcher verschwun-

den sein musste. Ich konnte ihm nicht mal wirklich böse sein, denn schließlich waren seine Vorfahren genau zu diesem Zweck gezüchtet worden. Mir fiel in diesem Augenblick nichts Besseres ein, als um die Erdaufschüttung herumzulaufen und nach weiteren Eingängen zu suchen. Und weiß Gott, davon gab es noch eine ganze Menge. Wieder versuchte ich, ihn mit Rufen aus einem dieser Löcher herauszukriegen, und während mir inzwischen der Angstschweiß aus allen Poren trat, spürte ich meine Verzweiflung immer weiter anwachsen. Was sollte ich nur tun? Der Kerl musste unter allen Umständen aus diesem Loch heraus. Es war gar nicht so einfach, jetzt noch einen kühlen Kopf zu bewahren. Mehr als Rufen und im Unterholz herumstochern, fiel mir nicht mehr ein. Stattdessen kam diese dämliche Erinnerung an einen Zeitungsartikel wieder hoch, in dem ein ganz ähnlicher Fall beschrieben wurde, als eine Dame ihren Dackel wieder wohlbehalten in Empfang nehmen durfte, dafür aber eine gewaltige Rechnung der beteiligten Feuerwehr begleichen musste. Und mir war klar, dass mich auch keine noch so besinnliche Weihnachtsstimmung vor diesem Schicksal retten würde. Denn eines war sicher, ich würde alles in meiner Macht stehende unternehmen und keine Kosten scheu-

en, um den Hund aus seiner misslichen Lage zu befreien.
Aber jetzt konnte es nur darum gehen, die Nerven zu behalten und jede Möglichkeit in Betracht zu ziehen, wie ich den Kerl mit eigener Kraft aus dem Dilemma herausholen konnte.
Nachdem ich noch ein letztes Mal laut und unüberhörbar nach ihm gebrüllt hatte, war mir klar, was nun zu tun war.
Ich wollte keine weitere Zeit verlieren und rannte so schnell ich konnte nach Hause.
Ich musste nur etwa 300 Meter zurücklegen, aber die Zeit genügte, um mir zu überlegen, wo ich genügend Spaten und andere Werkzeuge herbekommen würde, um zusammen mit ein paar alarmierten Freunden zur großen Rettungsaktion anzusetzen.

Dann war ich auch schon am Gartentor, und ich glaube ... die letzten Laufschritte hatte ich nur noch auf einem Bein zurückgelegt. Bei der nun erfolgten plötzlichen Vollbremsung war an einen ordnungsgemäßen Bewegungsablauf nicht mehr zu denken.
Bis zu diesem Augenblick war mir niemals aufgefallen, wie groß die Augen eines kleinen Yorkshire-Terriers sein können. Jetzt saß mein Otto

umrahmt von glitzernden Leuchtgirlanden und mit einem strahlend hellen Weihnachtsstern über dem Kopf vor dem Gartentor und blickte mich mit eben diesen großen, staunenden Augen erwartungsvoll an. Es war ihm anzusehen, dass er nicht begreifen konnte, wie ich ihn so lange in der Kälte vor der Eingangstür stehen lassen konnte.

Als ich meine Fassung wiedergefunden hatte und die Erleichterung wieder die Hauptrolle in meinem Gefühlsleben übernommen hatte, da hatte ich meine schönste Bescherung schon hinter mir. Ich musste noch lange darüber nachdenken, wie diese verrückte Situation überhaupt entstanden war. Und wenn ich einige Tage später zum Weihnachtsfest noch einen Wunsch frei gehabt hätte, dann hätte der ganz sicher darin bestanden, dieses Erlebnis noch einmal ganz genau aus der Sicht meines kleinen Freundes erklärt zu bekommen.

3 Der Schneemann

Hortense Ullrich

Ich beugte mich zu Lucilla und flüsterte ihr ins Ohr: „Nicht umdrehen, aber ich glaube, ein Schneemann verfolgt uns."
„Was?", rief Lucilla und drehte sich um.
Ich zerrte sie ärgerlich weiter und schimpfte: „Was glaubst du, was ich damit meine, wenn ich sage: ‚Nicht umdrehen'?"
„Ich soll mich nicht umdrehen."
„Richtig! Und wieso tust du es dann?"
Lucilla zuckte die Schultern und meinte: „Reflex."
Ich sah sie kopfschüttelnd an.
„Jojo! Was erwartest du denn? Wenn dir jemand weismachen will, dass ein Schneemann dich verfolgt, würdest du dich auch umdrehen!", sagte Lucilla.
„Ich meine es ernst, Lucilla! Immer wenn wir aus einem Geschäft rauskommen, steht er da."
„Der gehört zur Weihnachtsdeko."
Lucilla und ich waren im Einkaufszentrum, Weihnachtsgeschenke kaufen. Das Einkaufszentrum hatte wie jedes Jahr heftig dekoriert, es sah aus wie

im Winterwunderland: Künstlicher Schnee, neben dem Springbrunnen saß der Weihnachtsmann, daneben stand sein Schlitten, es liefen Elfen herum und Engel, überall standen geschmückte Weihnachtsbäume und da war eben auch dieser Schneemann, der, wenn ich mich nicht täuschte, ständig da war, wo Lucilla und ich waren. Egal, wo wir hinliefen.
„Wieso hoppelt dieser Schneemann immer hinter uns her? Wer ist das?"
„Vielleicht ist es ein geheimer Verehrer?" Lucilla bekam einen träumerischen Blick. Der Gedanke gefiel ihr.
„Unsinn."
Doch Lucilla war von dieser Idee nicht mehr abzubringen. Sie war Feuer und Flamme. Sie grabschte nach meinem Arm und hauchte: „Das ist sooo romantisch."
„Was ist in deinen Augen denn nicht romantisch!", stöhnte ich.
Aber sie ließ sich nicht beirren. Sie entwarf ein Szenario, in dem ein schüchterner, aber wahnsinnig gut aussehender Junge sich unsterblich in ein Mädchen verliebt hat und in seiner Nähe sein will und daher auf die kreativ-romantische Idee gekommen ist, sich als Schneemann zu verkleiden, und ihr nun überallhin folgt, bis er den Mut hat, sie anzusprechen. Total logisch, oder?

Ich wollte Lucilla eigentlich sagen, dass das alles absoluter Blödsinn sei, aber schon nach kurzer Zeit hatte sie mich so weit, dass ich die Idee auch spannend fand. Hey, ein Mädchen durfte doch wohl noch träumen.
„Wir müssen unbedingt rauskriegen, wer es ist", meinte Lucilla.
„Ach, und wie? Wir stürzen uns auf ihn, werfen ihn zu Boden, nehmen ihm den Schneemann-Kopf ab und schauen nach, wer in der Verkleidung steckt?"
„Ja, so ähnlich. Nur etwas unauffälliger und vielleicht eleganter."
„Nein, echt nicht. Ich will keinen neuen Ärger im Einkaufszentrum, bin froh, dass ich wieder herkommen darf."
Dann fiel Lucilla was ein: „Wen von uns beiden meint er eigentlich?"
„Wie meint?"
„Na, hinter wem von uns beiden läuft er her?"
„Keine Ahnung."
Lucilla drehte sich nach dem Schneemann um und zwinkerte ihm zu. Aber das half ihr wohl nicht weiter. Ob man's glaubt oder nicht, keins der Knopfaugen zwinkerte zurück.
„So wird das nichts. Ich weiß, was wir tun. Wir trennen uns. Dann muss er sich entscheiden. Dann sehen wir, hinter wem er weiter herläuft."

Ich seufzte. Lucilla würde keine Ruhe geben, bevor wir nicht zumindest das geklärt hätten. Ich ging Richtung Springbrunnen, Lucilla bog ins Pizzaparadies ab. Nach ein paar Schritten sah ich mich verstohlen um und stellte zufrieden fest, dass ich den Schneemann immer noch im Schlepptau hatte. Hach! Gewonnen! Erstaunlich, denn Lucilla ist eigentlich immer diejenige von uns beiden, die eher auf Jungs wirkt, aber dieser Schneemann hatte eindeutig an mir Interesse.

Als Lucilla und ich uns wieder trafen, hatte Lucillas Begeisterung merklich nachgelassen.

Sie zuckte die Schultern und meinte: „Okay, der Verrückte ist also hinter dir her."

„Ach ja, vorher war er romantisch, jetzt ist er verrückt", sagte ich vorwurfsvoll.

Lucilla sah mich an, dann meinte sie: „Entschuldige. Es war nur ... Ich fand das so toll, einen heimlichen Schneemann-Verehrer zu haben ..."

„Es ist ja wohl immer noch toll, auch wenn er hinter mir herläuft!", wies ich sie zurecht.

Lucilla nickte. Dann hatte sie ihre Enttäuschung wohl verwunden und strahlte mich an. „Ja, du hast recht, also, was tun wir jetzt?"

„Ich weiß nicht. Läuft er immer noch hinter uns?"

„Ja", flüsterte Lucilla. „Sollen wir ihn ansprechen?"

„Was sollen wir denn sagen?"

Lucilla überlegte. „Was sagt man zu einem Schneemann?"
„Genau genommen redet man nicht mit Schneemännern. Ich glaube, wir sollten gar nichts tun. Und hier schon gar nicht. Ich will wirklich nicht auffallen."
Lucilla nickte. „Ja, du solltest hier wirklich nicht unangenehm auffallen, das ist zu riskant mit den vielen Sicherheitskameras hier. Bist du fertig mit deinen Einkäufen?"
Ich nickte.
„Dann lass uns jetzt langsam zum Ausgang gehen, und wenn wir draußen sind, dann stellen wir ihn zur Rede. Und jetzt beachten wir ihn erst mal nicht mehr."
Guter Plan.
Als wir draußen waren, drehten wir uns um, aber der Schneemann war weg. Ich war etwas enttäuscht.
„Und jetzt?"
Lucilla sah sich um, lief noch mal ins Einkaufszentrum, schaute zur Tür rein und kam dann wieder zu mir. „Er ist weg. Sollen wir wieder reingehen und ihn suchen?"
„Nee, das ist ja peinlich." Ich war wirklich enttäuscht.
Lucilla überlegte kurz und meinte dann: „Ja, man

muss sich rar machen, das erhöht das Interesse. Wir gehen morgen wieder ins Einkaufszentrum und suchen nach ihm. Lass uns jetzt zu dir gehen."

Bei mir zu Hause setzten wir uns in die Küche, wo meine Mutter gerade meiner nervigen kleinen Schwester Flippi einen Weihnachtskakao zubereitete. Nach Flippis Anweisungen musste sie dabei Spekulatius zerkrümeln und in den Kakao streuen.
„Wie war's im Einkaufszentrum?", erkundigte sich meine Mutter, während sie weiter unter Flippis strengem Blick Spekulatius zerbrach.
„Gut", meinte ich wortkarg. Ich hatte nie viel Interesse daran, meine Freizeitaktivitäten vor meiner Mutter noch einmal Revue passieren zu lassen. Sie kommentierte immer zu viel und war mir zu aufgeregt und nahm zu viel Anteil. Lucilla hielt sich nicht an meine Ein-Wort-Antworten, sie rief eifrig: „Es war total aufregend!"
„Ach ja. Was war denn?", erkundigte sich meine Mutter, höchst erfreut, dass jemand ihr Details erzählen wollte.
„Jojo hat einen geheimen Verehrer", teilte Lucilla ihr mit.
„Oh! Im Ernst?", wunderte sich meine Mutter.

Ich war sauer, das war ja oberpeinlich. Sie tat so, als wäre es eine Sensation, dass jemand Interesse an mir zeigte.
„Ach", meinte Flippi, „hat wohl jemand 'ne Wette verloren."
Wir ignorierten alle ihren Kommentar.
„Wer ist es denn?", fragte meine Mutter freundlich.
Lucilla strahlte: „Wissen wir nicht. Es ist ein *Mystery Man*, er verfolgt Jojo. Die ganze Zeit."
„Wahrscheinlich hat sie irgendwo vergessen zu bezahlen", kommentierte Flippi.
Meine Mutter stellte schnell eine weitere Frage, um von Flippi abzulenken.
„Und wie kommt ihr darauf, dass er Jojo verehrt?"
„Das haben wir überprüft. Wir haben uns getrennt und er ist hinter Jojo hergelaufen", berichtete Lucilla.
„Also hat er an Jojo Interesse. Ich finde es sooo romantisch!", fügte Lucilla schwärmerisch hinzu.
„Aber ihr wisst nicht, wer es ist?"
„Nein."
„Wie sah er aus?"
„Etwa so groß wie wir, schwarzer Hut, Karottennase, Kohleaugen …"
Meine Mutter hatte einen blanken Ausdruck auf ihrem Gesicht.
„Wie ein Schneemann eben so aussieht", sagte ich.

„Ein Schneemann?“
„Ja“, rief Lucilla, „hatten wir das nicht gesagt? Er hat sich als Schneemann verkleidet. Tarnung sozusagen.“
Meine Mutter wechselte von aufgeregter Anteilnahme zu sichtbarem Misstrauen. „Ein Schneemann ist hinter Jojo hergelaufen?“ Sie seufzte und wechselte das Thema. „Habt ihr denn auch eure Weihnachtseinkäufe erledigen können?“
„Ja.“
Nun mischte sich wieder meine Schwester Flippi ein.
„Was schenkst du mir eigentlich zu Weihnachten?“, wollte sie von mir wissen.
„Nichts.“
Flippi sah unsere Mutter fordernd an: „Mami, rede mit ihr. Erklär ihr den Sinn des Weihnachtsfestes!“
Meine Mutter wand sich etwas. Vorsichtig begann sie: „Na ja, also der Sinn von Weihnachten besteht nicht darin, dass man sich etwas schenkt, es geht um …“
Aber Flippi ließ sie nicht ausreden, sie unterbrach, als ihr klar wurde, dass unsere Mutter nicht in ihrem Sinne argumentieren würde.
„Aber natürlich geht es darum! Menschen, die man liebt, schenkt man etwas.“
„Genau! Menschen, die man *liebt*!“, rief ich.

„Und Menschen, bei denen man gesetzlich dazu verpflichtet ist, sie zu lieben!", mahnte Flippi. „Mam, sag ihr, dass es so ein Gesetz nicht gibt."
Meine Mutter seufzte.
„Nun sag es ihr schon!", forderte ich.
„Also, ein echtes Gesetz gibt es natürlich nicht", begann meine Mutter und bemühte sich um eine Erläuterung, die unsere unterschiedlichen Standpunkte berücksichtigen würde. „Aber es besteht vielleicht so etwas wie eine moralische Verpflichtung, der eigenen Schwester zu Weihnachten etwas zu schenken. Also es wäre zumindest sehr nett."
Ich nickte: „Wenn diese Schwester *nett* wäre."
„Ich *bin* nett!", brüllte Flippi.
Ich sah meine Mutter an und wies mit der Hand auf Flippi. „Sie ist unmöglich!"
Lucilla stand auf. „Ich muss jetzt gehen, ich seh dich morgen, Jojo, mach's gut." Aber bevor sie die Küche verließ, sah sie mich noch tadelnd an und meinte: „Also wenn ich eine Schwester hätte, würde ich ihr schon etwas schenken. Tschüs!"
Was denn? Meine beste Freundin fiel mir nun auch schon in den Rücken?! Lucilla kannte Flippi doch lange genug und wusste, wie schrecklich sie sich immer benahm. Nun ruhte auch noch der mahnende Blick meiner Mutter auf mir.
Ich fühlte mich schlecht und sagte verteidigend zu

meiner Mutter: „Ich hab doch schon längst was besorgt!“ Es stimmte zwar nicht, aber ich konnte es ja noch tun.
„Hast du nicht!“, schimpfte Flippi.
„Woher willst du das denn wissen?“, fragte ich etwas ertappt.
„Recherche.“
Da kam mir ein Gedanke, ich sah Flippi wütend an.
„Warst du das?“
„Nein.“
„Weißt du überhaupt, was ich meine?“
„Nein. Woher soll ich das denn wissen?“
„Weil du nein gesagt hast.“
„Ich sag immer nein, wenn mich jemand fragt: ‚Warst du das?‘“
„Hast du in meinem Zimmer rumgewühlt?“, fragte ich, denn vor zwei Tagen sah mein Zimmer noch chaotischer aus als sonst, und eben kam mir der Gedanke, dass Flippi dafür verantwortlich sein könnte, auf der Suche nach Weihnachtsgeschenken. Das macht sie nämlich Jahr für Jahr, sie durchwühlt das ganze Haus, um zu wissen, wer ihr was zu Weihnachten schenkt. Und wenn man sie zur Rede stellt, sagt sie immer: „Ich mag keine Überraschungen, ich will wissen, was auf mich zukommt.“
„Also hast du in meinem Zimmer nach Geschenken gesucht?“

„Nein."
„Hast du doch! Wieso sagst du nein?"
„Hab ich dir doch eben erklärt. Selbstschutz."
„Mam!", rief ich. „Schimpf mit ihr."
Meine Mutter sah Flippi etwas leidend an: „Flippi, hast du Jojos Zimmer durchwühlt?"
Flippi wandte sich an unsere Mutter. „Ich hab nur kontrolliert, ob sie mir schon was zu Weihnachten gekauft hat."
„Kontrolliert? Bist du die Geschenke-Polizei?", rief ich erbost.
Flippi dachte nach. „Interessante Geschäftsidee. Aber wer würde mich dafür bezahlen? Ich könnte Strafzettel ausstellen …", überlegte sie weiter.
„Lass den Blödsinn. Was fällt dir ein, in meinem Zimmer herumzuschnüffeln?! Wieso tust du so etwas?"
„Ich tue es für dich", stellte Flippi fest. Sie sah mich ernst an. „Ich denke da nur an dich, an dein Seelenheil."
„Wie bitte?"
Flippi führ unbeirrt fort: „Wie wirst du dich fühlen, wenn es Heiligabend ist und du mir kein Geschenk überreichen kannst?!"
„Ich werde mich gut fühlen!"
„Besorg lieber was", riet sie mir. „Dann fühlst du dich besser."

Ich sah meine Mutter Hilfe suchend an. Aber sie meinte: „Flippi hat recht."
Ich fiel aus allen Wolken.
Meine Mutter wandte sich an Flippi und fragte vorsichtig: „Du hast doch auch ein Geschenk für Jojo, oder?"
„Aber natürlich", rief Flippi empört, „ich würde nie eine Gelegenheit verstreichen lassen, um Jojo meine schwesterliche Verbundenheit auszudrücken."
Meine Mutter sah mich mit einem Siehst-du-Blick an.
Ich verdrehte bloß die Augen.
Na ja, auf der anderen Seite, vielleicht sollte ich wirklich mal netter zu Flippi sein.
Wenigstens zu Weihnachten.
Das Telefon klingelte.
Als meine Mutter zurückkam, machte sie ein süßsaures Gesicht.
„Das war eben die Kostümabteilung vom Theater."
Meine Mutter arbeitet dort als Kostümbildnerin.
Flippi sah höchst interessiert auf.
Meine Mutter sah Flippi mit durchbohrendem Blick an und sagte sehr kühl zu ihr: „Sie lässt dir ausrichten, dass du vergessen hast, das Kostüm zurückzubringen, das du dir, angeblich auf meine dringende Bitte hin, für deine Schulaufführung

ausgeliehen hast. Sie brauchen es für die Weihnachtsvorstellung morgen."
„Okay", meinte Flippi leichthin.
Der eisige Blick meiner Mutter ruhte nach wie vor auf ihr. „Wieso weiß ich nichts von dieser Schulaufführung?"
„Och, hab ich das nicht erwähnt?"
„Nein. Du hast es nicht erwähnt. Sicher deshalb, weil es keine Schulaufführung gab."
„Na, dann ist das ja geklärt."
„Nicht ganz. Ich denke, du schuldest Jojo auch noch eine Erklärung."
Nun horchte ich auf. Wieso mir?
Flippi stand auf, nahm ihren Kakao und sagte: „Ich geh dann mal in mein Zimmer. Schönen Nachmittag noch."
„Wieso schuldet sie mir eine Erklärung?", erkundigte ich mich bei meiner Mutter, als wir alleine waren.
„Rate mal, was für ein Kostüm sie sich ausgeliehen hatte?"
„Keine Ahnung."
„Ein Schneemannkostüm!"

Als der Barbarazweig erblühte

4

Christa Spilling-Nöker

Meine Großmutter hatte uns früher oft von dem alten Brauch erzählt: Am 4. Dezember, dem Gedenktag der heiligen Barbara, schneidet man vom Kirschbaum, der Weihnachtsnuss, von Forsythien oder anderen blühenden Frühjahrssträuchern Zweige, und zwar wenn sie schon den ersten Frost hinter sich haben.

Seit einigen Jahren hatten wir in unserer Familie diesen alten Brauch wieder neu belebt und für den Barbaratag inzwischen sogar ein richtiges kleines Ritual entwickelt. Wenn alle Zweige, natürlich mit einem Zettel mit unseren Namen versehen, in den Vasen standen, sangen wir ein Adventslied. Anschließend las einer von uns die Legende von der heiligen Barbara vor. Zum Abschluss gab es Großmutters geliebten Zimtkuchen und dazu heiße Schokolade mit Schlagsahne. So geschah es auch in diesem Jahr.

Von Tag zu Tag betrachteten wir nun unsere Barbarazweige mit zunehmender Neugier. Welcher

würde als Erster aufblühen? Das eigentliche Geheimnis lag nämlich darin, dass, dem Glauben oder Aberglauben nach, wie immer man es auch betrachten mag, das Glück im kommenden Jahr dem hold sein würde, dessen Zweig bis zum Heiligen Abend aufblühte.
Da lag natürlich viel Spannung in der Luft. Und tatsächlich: Fast alle Zweige hatten bis zum Weihnachtsfest Blüten bekommen. Aber eben nur fast alle, denn Annas Zweig zeigte noch nicht einmal Knospen, so sorgsam sie ihn auch gehegt und gepflegt hatte. Wenn ein Zweig bis zu Weihnachten nicht aufgeblüht war, so verhieß das dem Volksglauben nach Unglück für das kommende Jahr. Anna brach in Tränen aus. Alle wussten, warum, aber keiner wagte, ein Wort darüber zu verlieren.
So vergingen die Weihnachtstage, die Silvesterfeiern böllerten durch die Luft, das neue Jahr legte sich still über das Land. Anna sprach kaum noch ein Wort. Sie hatte ihren Barbarazweig weiterhin schräg angeschnitten, täglich in frisches, lauwarmes Wasser gestellt und sah schon morgens in aller Frühe nach ihm. Im Stillen sagte sie sich immer wieder, dass es sich bei dem Orakel nur um einen alten Aberglauben handeln würde. Dennoch war ihr elend zumute. Doch das Wunder geschah. Am zehnten Januar zeigten sich die ersten Knospen,

wenige Tage später entfalteten sie sich zu wundervollen Blüten. Entgegen ihrem Verstand klopfte ihr das Herz vor Hoffnung. Und da klingelte es. Sie rannte zur Tür – und vor ihr stand ihr Verlobter, der sich für den Einsatz der Bundeswehr in Afghanistan verpflichtet hatte. Eigentlich hätte er bereits am vierten Advent wieder zurück sein sollen. Fassungslos fiel sie ihm in die Arme. „Ich hatte so viel Angst um dich. Warum funktionierte denn das Telefon nicht mehr?“ Ihr liefen die Tränen der Erleichterung über das Gesicht. Es war der Barbarazweig, dessen verspätetes Aufblühen sie ermutigt hatte, aller Verzagtheit zum Trotz, doch noch auf die Rückkehr ihres Verlobten zu hoffen.
Den Zweig jedenfalls hegt und pflegt sie weiter, bis er Wurzeln zieht. Dann will sie ihn in den Garten pflanzen.

Der Apfent

Toni Lauerer

Die meisten Leute haben im Winter eine Grippe, die ist mit Fieber. Wir haben auch eine, aber die ist mit Beleuchtung und man schreibt sie mit K. Drei Wochen bevor das Christkindl kommt, stellt Papa die Krippe im Wohnzimmer auf und meine kleine Schwester und ich dürfen mithelfen. Viele Krippen sind langweilig, aber die unsere nicht, weil wir haben mordstolle Figuren darin. Ich habe einmal den Josef und das Christkindl auf den Ofen gestellt, damit sie es schön warm haben, und es war ihnen zu heiß. Das Christkindl ist schwarz geworden und den Josef hat es in lauter Trümmer zerrissen. Ein Fuß von ihm ist bis in den Plätzlteig geflogen und es war kein schöner Anblick. Meine Mama hat mich geschimpft und gesagt, dass nicht einmal die Heiligen vor meiner Blödheit sicher sind. Wenn Maria ohne Mann und ohne Kind rumsteht, schaut es nicht gut aus. Aber ich habe Gottseidank viele Figuren in meiner Spielkiste und der Josef ist jetzt Donald Duck. Als Christkindl wollte ich den Asterix nehmen, weil der ist als Einziger

so klein, dass er in den Futtertrog gepasst hätte. Da hat meine Mama gesagt, man kann doch als Christkindl keinen Asterix hernehmen, da ist ja das verbrannte Christkindl noch besser. Es ist zwar schwarz, aber immerhin ein Christkindl.
Hinter dem Christkindl stehen zwei Ochsen, ein Esel, ein Nilpferd und ein Brontosaurier. Das Nilpferd und den Saurier habe ich hineingestellt, weil der Ochs und der Esel waren mir allein zu langweilig.
Links neben dem Stall kommen gerade die Heiligen Drei Könige daher. Ein König ist dem Papa im letzten Apfent beim Putzen heruntergefallen und war dodal hin. Jetzt haben wir nur mehr zwei heilige Könige und einen heiligen Batman als Ersatz. Normal haben die drei heiligen Könige einen Haufen Zeug für das Christkindl dabei, nämlich Gold, Weihrauch und Püree oder so ähnlich. Von den unseren hat einer anstatt Gold ein Kaugummipapierl dabei, das glänzt auch schön. Der andere hat eine Marlboro in der Hand, weil wir keinen Weihrauch haben. Aber die Marlboro raucht auch schön, wenn man sie anzündet. Der heilige Batman hat eine Pistole dabei. Das war zwar kein Geschenk für das Christkindl, aber damit kann er es vor dem Saurier beschützen.
Hinter den drei Heiligen sind ein paar rothäutige

Indianer und ein kaasiger Engel. Dem Engel ist ein Fuß abgebrochen, darum haben wir ihn aufs Motorrad gesetzt, damit er sich leichter tut. Mit dem Motorrad kann er fahren, wenn er nicht gerade fliegt.
Rechts neben dem Stall haben wir ein Rotkäppchen hingestellt. Sie hat eine Pizza und drei Weizen für die Oma dabei. Einen Wolf haben wir nicht, darum luhrt hinter dem Baum ein Bummel als Ersatz-Wolf hervor.
Mehr steht in unserer Krippe nicht, aber das reicht voll. Am Abend schalten wir die Lampe an und dann ist unsere Krippe erst so richtig schön. Wir sitzen so herum und singen Lieder vom Apfent. Manche gefallen mir, aber die meisten sind mir zu lusert. Mein Opa hat mir ein Gedicht vom Apfent gelernt und es geht so: „Apfent, Apfent, der Bärwurz brennt. Erst trinkst oan, dann zwoa, drei, vier, dann hautsde mit dein Hirn an d' Tür!" Obwohl dieses Gedicht recht schön ist, hat Mama gesagt, dass ich es mir nicht merken darf.
Im Apfent wird auch gebastelt. Wir haben eine große Schüssel voll Nüsse und eine kleine voll Goldstaub. Darin wälzen wir die Nüsse, bis sie golden sind, und das Christkindl hängt sie später an den Christbaum. Man darf nicht fest schnaufen, weil der Goldstaub ist dodal leicht und er fliegt herum, wenn man hinschnauft.

Einmal habe ich vorher in den Goldstaub ein Niespulver hineingetan und wie mein Vater die erste Nuss gewälzelt hat, tat er einen Nieserer, dass es ihn gerissen hat und sein Gesicht war goldern und die Nuss nicht. Mama hat ihn geschimpft, weil er keine Beherrschung hat, und sie hat gesagt, er stellt sich dümmer als wie ein Kind. Meinem Vater war es recht zuwider und er hat nicht mehr mitgetan. Er hat gesagt, dass bei dem Goldstaub irgendetwas nicht stimmt, und Mama hat gesagt, dass höchstens bei ihm etwas nicht stimmt. Ich habe mich sehr gefreut, weil es war insgesamt ein lustiger Apfentabend.
Kurz vor Weihnachten müssen wir unsere Wunschzettel schreiben. Meine Schwester wünscht sich meistens Puppen oder sonst ein Glump. Ich schreibe vorsichtshalber gleich mehr Sachen darauf und zum Schluss schreibe ich dem Christkindl, es soll einfach so viel kaufen, bis das Geld ausgeht. Meine Mama sagt, das ist eine Unverschämtheit und irgendwann bringt mir das Christkindl gar nichts mehr, weil ich nicht bescheiden bin. Aber bis jetzt habe ich immer etwas gekriegt. Und wenn ich groß bin und ein Geld verdiene, dann kaufe ich mir selber etwas und bin überhaupt nicht bescheiden. Dann kann sich das Christkindl von mir aus ärgern, weil dann ist es mir Wurscht.

Bis man schaut, ist der Apfent vorbei und Weihnachten auch und mit dem Jahr geht es dahin. Die Geschenke sind ausgepackt und man kriegt bis Ostern nichts mehr, höchstens wenn man vorher Geburtstag hat.
Aber eins ist gewisss: Der Apfent kommt immer wieder.

Fahndung nach St. Nikolaus

6

Dietrich Mendt

Auf die Fahndung hin hatte die Polizeidirektion eine Menge Meldungen bekommen, telefonisch und schriftlich. Danach war St. Nikolaus in den verschiedensten Orten längs der Grenzen des Dreiländerecks Deutschland–Polen–Tschechoslowakei gesehen worden, allerdings nur in tschechischen und polnischen, nicht in deutschen Orten.
Es war wie immer. Die meisten Meldungen mussten als Fantasieprodukte beiseitegelegt werden. Dass er in der Zollstelle Seifhennersdorf im Gespräch mit Beamten des Bundesgrenzschutzes gesichtet worden sei oder in Rumburk am Stammtisch, schon halb unter dem Tisch liegend, oder im Botanischen Garten in Liberec beim Austeilen von Geschenken an die Gärtner (jemand wollte sogar wissen, er sei beim Stehlen von Orchideen erwischt worden!) oder in Bogatynia, wo er im Originalgewand eine Sonderschicht im Tagebau ableistete.
Am nächsten schien der Wahrheit ein Anruf aus

Hrádek zu kommen, wo er im Wartesaal sitzen sollte mit einem Wörterbuch in der Hand, tschechische Vokabeln lernend. Diese Meldung stimmte überein mit dem Ergebnis einer Befragung, die die Kripo in Zittau vorgenommen hatte. Eine Verkäuferin in der großen Buchhandlung am Markt wollte einem Weihnachtsmann ein tschechisches Wörterbuch und eine tschechische Grammatik verkauft haben. Der Kunde habe es sehr eilig gehabt und gemurmelt, er müsse schnellstmöglich Tschechisch lernen, „gleich noch heute". Man merkte ihr an, dass sie den Kunden für nicht ganz richtig im Kopf gehalten hat. „Tschechisch heute noch!", sagte sie. „Als ob das eine Sprache sei, so leicht zu erlernen wie das Sächsische – und das ist schon schwierig genug!"

Eine große Boulevardzeitung, die wesentlich nur über Skandale und kaum bekleidete Mädchen berichtete, wollte aus „sicherer Quelle" erfahren, dass St. Nikolaus aufgrund bestimmter Erfahrungen beschlossen habe, sein „Arbeits- und Anbetungsgebiet" ganz aus Deutschland weg zu verlegen. Also viel Material und vermutlich wenig verwendbare Ergebnisse!

Der Wahrheit näher kamen da schon Auskünfte, die die Kripo bei Bürgern der Stadt erhalten hatte. Mindestens lieferten sie eine mögliche Erklärung für sein Verschwinden. Es wurden einzelne Einwohner und Geschäfte angesprochen, darunter mehrere der insgesamt 27 Weihnachtsmänner, die zu Werbungszwecken um diese Zeit zwischen drittem und viertem Advent die Stadt bevölkerten. Verschiedentlich hatte sie ein ihnen Unbekannter im gleichen Kostüm gefragt, ob sie auch „Heilige" seien. Sie hatten darüber gelacht oder waren verlegen geworden, weil sie nicht wussten, was das ist, ein Heiliger.

Einige hatten zurückgefragt, welche Firma er denn vertrete. Die Antwort war ebenso unglaublich wie die Frage nach den Heiligen. „Den Himmel!", hatte er geantwortet. An Wohnungstüren hatte die Mehrzahl der Herausgeklingelten die Tür gleich wieder zugeschlagen mit der Bemerkung: „Wir kaufen nichts." Einer hatte mit der Benachrichtigung der Polizei gedroht, als St. Nikolaus (den sie als solchen natürlich nicht erkannten, um den es sich aber mit größter Wahrscheinlichkeit handelte) zu Erklärungen ansetzte, ein anderer hatte es für eine neue Masche einer Drückerkolonne gehalten. „Ich abonniere keine Zeitungen. Und von Ihnen schon gleich gar nicht!" Der Weihnachtsmann habe ziemlich dumm geschaut. „Drückerkolonne? Was ist das?"

„Aber darauf bin ich nicht hereingefallen. Solchen

Leuten muss man die Tür weisen, und wenn sie noch so naiv und scheinheilig tun!", war seine Auskunft.
Eine freundliche ältere Frau hatte gefragt, was „Euer Begehr ist!" „So fragt man doch die Weihnachtsmänner, das habe ich als Kind gelernt." Er habe darauf gemeint „Äpfel, Nüsse, Pfefferkuchen ...", da habe sie ihn unterbrochen und auf den Weihnachtsmarkt hingewiesen. „Dort erwerben Sie diese Dinge am billigsten."
Besonders bemerkenswert scheint der Kripo die Auskunft zu sein, die sie von einem kleinen Mädchen bekam, das den Weihnachtsmann in der Böhmischen Straße getroffen hatte, als er an einem abbruchreifen Haus eine aufgesprühte Inschrift las: „Ausländer raus!" Das Mädchen hörte, wie er einen vorbeikommenden jungen Mann fragte: „Was für Ausländer sind denn da gemeint?" „Nun, Türken!", war seine Auskunft. „Türken?" „Na ja, Mosambikaner, Vietnamesen, Rumänen, russische Juden und so." „Richtige Türken auch?" „Natürlich! Richtige Türken erst recht!" Das Mädchen sagte, der Weihnachtsmann habe sehr betroffen ausgesehen, ja sie wollte gesehen haben, wie er sich eine Träne aus dem Gesicht wischte. „Ein heulender Weihnachtsmann! Das ist mal ganz was Neues!", meinte sie.
Schließlich wurde das Bild vervollständigt durch

Mitarbeiter eines Jugendklubs, den er besucht hatte. Er wurde mit großem Hallo willkommen geheißen und eingeladen, sich mit an den Tisch zu setzen. Sie hätten gerade wichtige Dinge zu besprechen. Einer bestellte ihm ein Glas Bier, und obwohl nach seiner Auskunft „Nikolaus im Dienst nicht trinken darf" (er sagte „Nikolaus" und nicht „Weihnachtsmann", für die Kripo ein sicherer Hinweis auf seine Identität), nippte er doch am Glase und nahm schließlich einen kräftigen Schluck mit der Bemerkung, dass er das heute nötig hätte und gut vertragen könne. Die Runde besprach dann Fragen der ihrer Meinung nach zu großen Ausländerfreundlichkeit.

„Ausländer müssen raus!", sagte einer, „sie nehmen uns unsere Arbeitsplätze weg", sagte ein anderer, „und sie kosten den Staat viel zu viel. Das geht alles von unserem Geld ab!", ein Dritter. Da stand er auf und wandte sich der Tür zu. Die Runde, zumeist Jungen zwischen 17 und 20 Jahren, war erstaunt.

„Warum gehst du? Jetzt wird es doch erst gemütlich!" Nikolaus drehte sich noch einmal um an der Tür ins Freie. „Ich bin Ausländer!", sagte er. „Ich stamme aus Myra, das liegt in der heutigen Türkei."

Und das sind das letzte Wort und die letzte Begegnung mit St. Nikolaus, die wirklich verbürgt sind. Das andere kann man sich denken.

SIEBEN

Wintermorgen

Walter Benjamin

Die Fee, bei der er einen Wunsch frei hat, gibt es für jeden. Allein nur wenige wissen sich des Wunsches zu entsinnen, den sie taten; nur wenige erkennen darum später im eignen Leben die Erfüllung wieder. Ich weiß den, der mir in Erfüllung ging, und will nicht sagen, dass er klüger gewesen ist als der der Märchenkinder. Er bildete sich in mir mit der Lampe, wenn sie am frühen Wintermorgen um halb sieben sich meinem Bette näherte und den Schatten des Kindermädchens an die Decke warf. Im Ofen wurde Feuer angezündet. Bald sah die Flamme wie in ein viel zu kleines Schubfach eingepfercht, wo sie vor Kohlen kaum sich rühren konnte, zu mir hin. Und doch war es ein so Gewaltiges, das dort in nächster Nähe, kleiner als ich selbst, sich einzurichten anfing und zu dem die Magd sich tiefer bücken musste als zu mir. Wenn es versorgt war, tat sie einen Apfel zum Braten in die Ofenröhre. Bald zeichnete sich das Gatter der Kamintür im roten Flackern auf der Diele ab. Und meiner Müdigkeit kam vor, sie habe an diesem Bilde für den Tag genug. So war es um diese Stunde immer; nur die Stimme des Kindermädchens störte den Vollzug, mit dem der Wintermorgen mich den Dingen in meinem Zimmer anzutrauen pflegte. Noch war die Jalousie nicht hochgezogen, da schob ich schon zum ersten Mal den Riegel der Ofentür beiseite, um dem Apfel in seiner Röhre nachzuspüren. Manchmal hatte er sein Aroma noch kaum verändert. Und dann geduldete ich mich, bis ich den schaumigen Duft zu wittern glaubte, der aus einer tieferen und verschwiegeneren Zelle des Wintertages kam als selbst der Duft des Baums am Weihnachtsabend. Da lag die dunkle, warme Frucht, der Apfel, der sich, vertraut und doch verändert wie ein guter Bekannter, der verreist war, bei mir einfand. Es war die Reise durch das dunkle Land der Ofenhitze, der er die Arome von allen Dingen abgewonnen hatte, welche der Tag mir in Bereitschaft hielt. Und darum war es auch nicht sonderbar, dass immer, wenn ich an seinen blanken Wangen meine Hände wärmte, ein Zögern mich beschlich, ihn anzubeißen. Ich spürte, dass die flüchtige Kunde, die er in seinem Dufte brachte, allzu leicht mir auf dem Wege über meine Zunge entkommen könne. Jene Kunde, die mich manchmal so beherzte, dass sie mich noch auf dem Marsch zur Schule tröstete.

Dort angelangt, kam freilich bei Berührung mit meiner Bank die ganze Müdigkeit, die erst verflogen schien, verzehnfacht wieder. Und mit ihr jener Wunsch: ausschlafen zu können. Ich habe ihn wohl tausendmal getan und später ging er wirklich in Erfüllung. Doch lange dauerte es, bis ich sie darin erkannte, dass noch jedes Mal die Hoffnung, die ich auf Stellung und ein sicheres Brot gehegt hatte, umsonst gewesen war.

8

Adele

Fanny Lewald

Je näher die Zeit des Weihnachtsfestes heranrückte, desto verlassener kam sich Adele vor. Sie hatte sonst wohl den Heiligen Abend in einer befreundeten Familie zugebracht, diesmal mochte sie sich nicht dazu entschließen. Wenn alle dort so froh waren, wenn jeder sich mit seiner Freude so naturgemäß auf seine Blutsverwandten angewiesen fühlte, dann fand sie sich erst völlig dort verwaist. War sie allein, so brauchte sie wenigstens keine Freude zu heucheln, so blieb ihr doch die Freiheit, sich unglücklich zu fühlen. Am Morgen des Heiligen Abends war das Wetter schlecht. Adele ging aus, einige Einkäufe zu machen, da sie seit Jahren eine arme Witwe und deren Kinder zu beschenken pflegte, und obschon sie ihnen sonst ihre Gaben stets ins Haus getragen hatte, kam ihr diesmal der Gedanke, bei sich den Aufbau zu veranstalten. Es war nicht eine besondere Liebe für die Leute, welche sie zu dieser Änderung antrieb, sondern eine nun doch plötzlich wieder erwachende und unbestimmte Scheu vor der Einsamkeit am Weihnachtsabend.

Sie kaufte einen kleinen Tannenbaum, Äpfel, Nüsse, Honigkuchen, Lichte, und der Tag ging ihr damit hin, den Baum zu schmücken. Am Nachmittage deckte sie den Weihnachtstisch, setzte den fertigen Baum hinauf, legte für die Witwe und die Kinder die Geschenke hin, und wie sie nun dastand und alles fertig hatte und sich daran erfreuen wollte, da fiel eine herzbeklemmende Traurigkeit auf sie hernieder. Es deuchte sie so hart, dass sie sich die Freude erkaufen wollen für den Abend, dass sie sich fremde Menschen suchen musste, denen sie sich ein Liebes tun konnte, dass niemand da war, zu dem sie hingehörte, an den eine Pflicht, ein dauerndes Band der Liebe oder der Verwandtschaft sie natürlich fesselte.

Sie saß am Fenster und sah hinaus. Schnee und Regen trieben durch die nassen Straßen, aber die Menschen schienen des Unwetters kaum zu achten. Jeder eilte, denn ihm stand eine Freude in Aussicht, jeder hastete sich vorwärts. Hier trugen Handwerker kostbare Gegenstände, wohl verhüllt, an den Ort ihrer Bestimmung, dort ging ein junges Ehepaar, mit Steckenpferden und Trommeln und Puppen beladen, lachend seiner Wohnung zu, dort wieder brachte ein Mann aus niederem Stande die kleine Pyramide fröhlich heim, sich die bescheidene Dachstube festlich damit zu erhellen. Und Adele saß und saß und sah hinaus, bis es ganz dunkel wurde. Sie konnte ihrer Traurigkeit nicht Meister werden, ihr graute zuletzt fast davor, sich ihre Einsamkeit zu beleuchten, wie sie's nannte. Indes, als die Glocke dem nahen Turme halb sechs schlug, durfte sie nicht länger säumen. Um sechs Uhr sollten ihre Gäste da sein. Sie erhob sich und ließ sich Licht ins Zimmer bringen. Da eben, als sie die Vorhänge herunterließ, klopfte es an ihre Tür. „Sollten die Kinder mich falsch verstanden haben", dachte sie, „und jetzt schon kommen?" – Sie mochte nicht hereinrufen, um den Kleinen nicht vorzeitig den Anblick des Baumes zu gewähren, sondern ging nachzusehen, wer da poche.

Ein Mann stand im Vorzimmer, dicht vor der Tür. Er war fest in einen großen Mantel eingewickelt, eine alte Reisemütze ging ihm tief auf Stirn und Nacken herab. Adele trat zurück, der Mann trat näher, ein Lichtstrahl aus dem Zimmer streifte sein Gesicht, und mit dem Ausdruck der höchsten freudigen Überraschung rief Adele: „Mein Gott! Samuel, wo kommen Sie denn her? Ich kannte Sie gar nicht –" „In dem großen Mantel!", fiel er ihr ins Wort; „ja, ohne den reise ich nun einmal nicht wieder, nach dem Elende im Frühjahr."

„Aber wo kommen Sie denn her in dieser Jahreszeit?“, fragte Adele nochmals, während sie ihm mit eiliger Hand Mantel und Mütze abnehmen half und im Vorzimmer an einen Haken hing. „Ich hatte hier zu tun“, antwortete er, „und wollte die Feiertage dazu benutzen, in denen ich zu Hause doch nichts machen kann. Übermorgen Abend will ich wieder fort.“ Er sprach die Unwahrheit, aber er sprach sie so natürlich, dass Adele es für Wahrheit nehmen musste. Sie fühlte sich enttäuscht und schämte sich des Entzückens, mit dem sie ihn empfangen hatte. Das machte sie plötzlich still. „Treten Sie doch ein!“, bat sie mit merklich verändertem Tone, indem sie die Tür zu ihrer Stube öffnete. Sie standen vor dem Weihnachtstische. „Ich habe auch meine Bescherung hier! Sie kommen grade noch zur Zeit!“, bemerkte sie. „Ich sehe!“, antwortete er; aber auch er fand sich in seinen Erwartungen betrogen. Er hatte darauf gerechnet, Adele allein zu finden, nun sah er den aufgeputzten Weihnachtstisch, und mit einer unverkennbaren Befangenheit sagte er: „Sie erwarten Gäste, Freunde, ich störe Sie wahrscheinlich. Ich wäre nicht gekommen, hätte ich das vorausgesehen.“ Adele versicherte ihm, das sei nicht der Fall, es käme nur eine Witwe mit ihren Kindern zu ihr; er sei ihr sehr willkommen, nur müsse er ihr gestatten, sich jetzt noch mit dem Baume zu beschäftigen, da sie die Kinder auf der Treppe höre. Er bat sie, sich durch seine Anwesenheit nicht abhalten zu lassen, und setzte sich ruhig auf das Sofa nieder; aber beiden war die ganze Szene unbehaglich. Er sah ihr zu, wie sie die Lichter anzündete, wie sie nochmals alles auf den rechten Platz schob; er half ihr auch zuletzt dabei, er besah die Sachen, weil sie ihm dieselben zeigen wollte, er nahm sogar die Klingel und gab das Zeichen zur vollendeten Bescherung, da Adele ihn klingeln hieß; aber es ging ihm alles nicht von Herzen. Selbst der Eintritt der Kinder, ihr lauter Jubel, der Dank der Mutter, die Freude von Adeles Dienerin, taten ihm nicht wohl. Ihm half das alles nicht, er wusste nicht, woran er mit Adele war. Er sah ihre innere Bewegung, sah, wie sie mit leichter Hand die Tränen sich von den Augen wischte, er war auch selber so gerührt, dass ihm das Weinen nahe war, indes er wollte sich nicht rühren lassen von den Leuten, deren Fortgehen er wünschte, von einer Szene, deren Ende er kaum erwarten konnte. Adele merkte seine Ungeduld, seinen Missmut, und grade darum beschäftigte sie sich doppelt liebreich mit der Mutter und mit ihren Kindern. Es war ihr, als werde die Weihnachtsgabe wertlos, als verliere sie ihre ganze Bedeutung, wenn der Gebende nicht mit ganzem Herzen bei dem

Feste sei; und als müsse sie die Teilnahmslosigkeit des Vetters zu ersetzen suchen, so ausschließlich überließ sie sich den Kleinen. Sie probierte ihnen die warmen Schuhe, die kleinen Jacken an, sie lehrte sie das Spielzeug benutzen, welches sie ihnen ausgesucht, sie half ihnen die Früchte vom Baume pflücken und überlegte mit der Mutter, wie der Kleiderstoff für jeden am besten zu verwenden wäre. Die Armen sollten's nicht entgelten, dass ihre Beschützerin sich nicht heiter und von banger Unruhe gepeinigt fühlte. Endlich, nach einer Stunde, schickte die Witwe sich zum Aufbruch an. Adele und ihr Mädchen packten für sie die Sachen in einen Korb zusammen, die letzten Nüsse und Äpfel wurden vom Baume abgenommen, die Mutter und die Kinder dankten und dankten wieder, Adele küsste die Kleinen noch, und nun sollten sie denn fort. Als die Witwe an der Tür war, ging Samuel an sie heran und drückte ihr etwas in die Hand. Sie starrte es sprachlos an, es war ein Goldstück; aber er schob sie fast mit Gewalt hinaus, er mochte ihren Dank nicht hören, war's ihm doch, als habe er's ihr nur gegeben vor Freude, dass sie endlich gehen, dass die Cousine nun endlich frei sein würde. Daran war jedoch noch lange nicht zu denken. Zwar wendete Adele sich jetzt zu ihm, und setzte sich mit ihm auf das Sofa, indes das Mädchen ging im Zimmer hin und wieder, die Lichte des Baumes auszulöschen, die gestörte Ordnung herzustellen. Er hätte auch ihr gern ein Goldstück geben mögen, wäre sie nur fortgeblieben. Adele erzählte ihm währenddessen die Geschichte jener Witwe und schilderte ihm den hilflosen Zustand, in welchem sie dieselbe einst gefunden hatte. Er musste zugeben, die Geschichte war sehr traurig und sehr rührend, indes was kümmerte sie ihn denn grade jetzt?

Als endlich, endlich nun alles fortgeräumt war, und nur noch der leere Baum auf dem Tische in des Zimmers Mitte stand, als der Tee vor ihnen aufgetragen worden und das Mädchen sich entfernt hatte, atmete Samuel auf. Nun waren sie doch wenigstens allein; aber es war, als solle ihm heute einmal gar nichts helfen, nichts nach Wunsche gehen. Adele hatte sich so sehr in die Not und das Elend hineingesprochen, denen sie unter den arbeitenden Ständen begegnet war, dass es schien, als habe sie in diesem Augenblicke kein anderes Interesse als eben dies allein. Samuel verwünschte all die Krankheiten und all den Mangel, obschon er nur mit halbem Ohr darauf hörte, bis in ihm mit einem Mal der Gedanke aufstieg und sich befestigte, Adele wolle ihn nicht zu Worte, nicht zu einer Erklärung kommen lassen. Denn dass er in dieser Jahreszeit nicht um der Geschäfte willen nach Berlin gegangen, dass er zu ihr gekommen, dass er um ihretwegen da sei, das wenigstens musste sie doch einsehen, wie er meinte. Er verstand sich wenig auf die Frauen, er merkte nicht, wie ängstlich Adele sich an ihren Erzählungen festhielt, um keinen anderen Gedanken in sich aufkommen zu lassen, um nicht in helle Tränen auszubrechen.

Ein alter Liebender schreckt von Hindernissen zurück, die ein Jüngling in seiner Sicherheit kaum merken würde; aber die Leichtigkeit des Liebeforderns und Gewinnens ist eben auch nur ein Vorrecht der jugendlichen Zuversicht zum Leben.

Darüber ging der Abend hin. Je länger sie beisammensaßen, je mehr vertieften sie sich in Dinge, die ihnen nicht im Entferntesten am Herzen lagen, bis es beiden fast unaushaltbar wurde und Samuel im Gefühle seines Unbehagens sagte, wenn er morgen sein Geschäft beenden könne, so reise er vielleicht schon morgen Abend wieder fort. „O!“, dachte Adele ärgerlich, „wenn er reisen will, so mag er gehen; er hat ja doch empfinden müssen, wie seine Ankunft mich erfreute!“ – Aber sie sprach auch das nicht aus, sondern bemerkte vielmehr ruhig, im Winter sei man zu Hause allerdings viel besser aufgehoben als im besten Gasthof.

„Und doch reisen grade in der Weihnachtszeit so viele!“, sagte Samuel. „Ja, zu ihren Familien!“, entgegnete Adele. „Seit dem letzten Weihnachtsabend in Ihrem Vaterhause habe ich nie wieder einen Weihnachtsbaum gehabt, war ich jede Weihnachten allein!“, erzählte er.

„Das ist traurig!“, antwortete sie; „indes nach meiner Mutter Tode habe ich auch nie wieder ein frohes Weihnachtsfest erlebt. Man ist so überflüssig an dem Tage im Kreise einer fremden, in sich zufriedenen Familie.“ Samuel nickte zustimmend. „Es war eigentlich eine Selbsthilfe“, fuhr sie fort, „dass ich heute hier den Baum aufbaute; ich tat es auch zum ersten Male.“ Er gab ihr keine Antwort. Aufgestützt saß er neben ihr und sah gedankenvoll vor sich nieder. So hatten sie schon manch liebes Mal nebeneinander gesessen, und immer, immer hatte ein unerklärliches Etwas zwischen ihnen gestanden und sie voneinander gehalten. Es musste doch einen Namen haben, musste doch zu bannen sein, dachte sich Adele. Sollten sie denn beide darum ihr Leben ganz verlieren? „Cousin!“, fing sie mit einem Male lebhaft an und wusste doch nicht gleich, das rechte Wort zu finden. Er fuhr aus seinem Sinnen auf, und fast erschrocken über ihren Ausruf, fragte er: „Was wünschen Sie, Cousine?“ „Samuel!“, fing sie wieder an, „es ist merkwürdig, dass –“ „Was denn?“, unterbrach er sie. Die Zwischenfrage störte ihren ganzen Vorsatz, und ungeduldig rief sie: „O, es ist aber doch zu dumm!“ Er sah sie verwundert an. Ihre Wangen waren rot vor Aufregung, ihre Stimme schwankte, die Tränen traten ihr in die Augen. „Was ist zu dumm?“, wiederholte er, und mit einer ungewohnten Heftigkeit stieß sie die Worte hervor: „Es ist doch gar zu dumm, dass ich mit meinen dreiunddreißig Jahren einem Manne eine Liebeserklärung machen soll!“ Samuel sah sie groß an. Sie war aufgestanden, er tat es auch. „Ich weiß nicht“, sagte er und stockte. – „Sie wissen nicht?“, sprach Adele, „Sie wissen noch nicht, dass wir uns doch endlich heiraten müssen?“ „Adele!“, rief Samuel, „was sagen Sie? – Sie wollen mich also haben? Mich?“ „Aber um Gottes Willen, wen denn sonst?“, entgegnete Adele, und während ihr Mund lachte, stürzten ihr die großen Tränen aus den Augen. „Ich hab's genug gebüßt, dass ich Sie einst verschmäht!“ „Ist's möglich!“, rief er und griff in seiner Verwirrung nach der Dose, um sie gleich wieder erschrocken einzustecken. Er stand ihr immer noch gegenüber und sah sie mit staunendem, ungläubigem Blicke an. Mit einem Male ging er zu ihr und erfasste ihre beiden Hände. „Mich wollen Sie heiraten? Mich?", fragte er, und ohne ihre Antwort abzuwarten, fuhr er fort: „Sehen Sie, Adele! Ich bin ein alter Junggeselle, ich bin grämlich, Sie haben es ja selbst erfahren im Sommer und auch heute wieder. Ich quäle die Menschen, ich quäle mich auch selber. Ich habe so üble Angewohnheiten, ich kann nicht leben ohne meine Pfeife und meine Dose und meine Vögel und – –" „Nicht ohne Ihren alten Mantel!", lachte Adele. „Nein, auch nicht ohne den alten Mantel!", sprach er ihr nach. „Es ist eben auch nichts mit mir zu machen, keine Ehre mit mir einzulegen, ich bin altmodisch geworden und verknöchert in der langen Einsamkeit, das weiß ich alles, alles! – Und doch!", rief er, „wenn ich es glauben dürfte, wenn es wahr wäre und Sie könnten mich lieben, jetzt, so alt, so grämlich wie ich bin!" – Er hielt inne: „Ach, Adele!", rief er, „ich wollte ein Weib, das mich liebte, auf meinen Händen tragen! Ich –" Sie ließ ihn nicht weitersprechen. „Vergib mir! Vergib mir!", sagte sie weinend. „Ich will vergüten, was ich dir und mir so lange an Glück geraubt!" Er breitete die Arme aus, sie legte sich still an sein Herz. So hielt er sie lange wortlos umfangen. Mit einem Male hob er ihren Kopf in die Höhe und sagte: „Und mit allen meinen Fehlern und Gewohnheiten willst du mich haben?" „Mit allen, allen!" „Und du – des Dichters Genius", fragte er weiter, „du wolltest herabsteigen von deiner Höhe, in das Haus eines gewöhnlichen Mannes, um –" „Um der gute Geist deines Hauses und deines Lebens zu werden!", sprach sie mit einer Wahrheit und einer Hingebung, die ihm das Herz erschütterten und erwärmten. „Nun!", rief er und seine Worte klangen wie ein Gebet, „so sei denn aller Segen des Lebens mit uns in dieser Stunde und möge jeder Weihnachtsabend uns fortan zu einer immer neuen Liebesweihe werden."

Als die erste Erschütterung überwunden war und Adele sich von seiner Brust erhob, sah sie nach dem Weihnachtsbaume hinauf: „O!", rief sie, „der soll jetzt noch einmal leuchten! Und hell leuchten! Dir und mir!" Und mit eiliger Hand zündete sie schnell die Kerzen alle wieder an. Als die Lichter brannten und sie Hand in Hand wie Kinder, und doch die Seele voll von Erinnerung und Hoffnung, voll von vergangenem Schmerz und voll von froher Liebe, vor dem Baume standen, schien Samuel plötzlich ein Gedanke zu kommen. Er streifte einen Ring vom kleinen Finger, es war der schlichte Trauring seiner Mutter.

Den legte er still nieder auf den Tisch. „Sieh!“, sagte er, „es ist alles, was ich heute für dich habe, aber alle meine Liebe hängt daran, und den nächsten Weihnachtsabend –“ „Den feiern wir bei dir, in deinem – nein, in unserem Hause!“, rief Adele und umschlang den treuen Mann.

Und so geschah's! Der alte Junggeselle wurde ein glücklicher Gatte, des Dichters Genius ein liebevolles Weib, und jeder Weihnachtsabend ist ihnen seitdem noch eine freudige Erinnerung gewesen an die Befreiung und Erfüllung ihrer Liebe und ihres Lebens, wie er es allen treuen Herzen werden möge!

Gefühle nach dem Kalender

9

Kurt Tucholsky

Eigentlich ist es ja ein bisschen merkwürdig: wenn nur noch wenige dünne Kalenderblätter den Abreißer vom 24. Dezember trennen, so senkt sich jenes weihnachtliche Gefühl auf ihn hernieder, das ihr alle kennt. Er wird ein bisschen weich, er wird ein wenig träumerisch, und wenn der ganze Apparat des Einkaufs vorbeigeklappert ist, wenn all das Tosen und Wirken vorüber ist, dann saugt er doch an seiner Weihnachtszigarre und denkt sich dies und das und allerlei. Aber wie denn? Kann man denn seine Gefühle kommandieren –? Kann man denn – nach dem Kalender – seine Empfindungen regeln?

Man kann's nicht. Der Schnurriker Mynona erzählte einmal die Geschichte vom Schauspieler Nesselgrün, dem es plötzlich einfiel, sein ihm zustehendes Weihnachten im August zu feiern – und unter unendlichem Hallo geht denn diese deplatzierte Festlichkeit auch vor sich. Aber wir haben doch gelacht, als wir das lasen. Könnten wir an-

dern das auch? Es ist wohl nicht nur die Furcht, uns lächerlich zu machen – es muss noch etwas anderes sein.
Der Grund, dass wir wirklich – jede Weihnachten – in jedem Jahr – immer aufs Neue imstande sind, genau um den 25. Dezember herum die gleichen Gefühle zu hegen, liegt doch wohl darin, dass sie sich angesammelt haben. Es muss doch irgendetwas da sein, das tropfenweise anschwillt, das ganze Jahr hindurch. Schließlich ist doch der Kalender etwas ganz Äußerliches, Relatives, wir sind in gewisser Hinsicht mit ihm verwachsen – aber die Zeit ist nicht in uns, wir sind in der Zeit. Und das kleine Blättchen, das den Vierundzwanzigsten anzeigt, ist kein Grund, es ist ein Signal und ein Anlass.
Ich habe immer das Gefühl, als ob wir jede Woche im Jahr weihnachtliche Empfindungen genug aufbrächten – aber gute Kaufleute, die wir sind, legen wir sie „in kleinen Posten" zurück, bis es sich einmal lohnt. Im Dezember ist dann das Maß meist voll.
Ist es nicht schließlich mit jedem Gedenktag so –? Warum sollen wir gerade am neunzehnten an sie denken, und warum nicht einen Tag später –? „Heute vor einem Jahr – –", ach Gott, entweder wir empfinden immer, dass sie auf der Welt ist – oder

wir empfinden's am neunzehnten auch nur konventionell. Gefühle nach dem Kalender –: das geht nur, wenn der Kalender sie ins Rollen bringt. Gefühle nach dem Kalender …

Wir haben alle nur keine Zeit, um gut zu sein, wie? Wir haben alle nur keine Zeit. Und müssen tausend- und tausendmal herunterschlucken und herunterdrücken und sind vielleicht im Grunde alle froh, allweihnachtlich einen Anlass gefunden zu haben, den gestauten Sentiments freien Lauf zu lassen. Wer erst nach dem Kalenderblatt sieht, sich vor den Kopf schlägt und „Ach, richtig!" ruft – dem ist nicht zu helfen.

Vielleicht hat diese neue – ehemals große – Zeit manches am deutschen Weihnachtsfeste geändert. Ich weiß nicht, ob's innerlicher geworden ist. Es täte uns so not – nicht aus Gründen der Religion, die jedermanns Privatsache ist – sondern aus Gründen der Kultur. Diesem Volk schlägt ein Herz, aber es liegen so viel Kompressen darauf … Reißt sie ab. Wagt einmal (was besonders dem Norddeutschen schwer und sauer fällt), wagt einmal, geradeaus zu empfinden. Und wenn euch das Fest nach all dem, was geschehen ist, doppelt lieb, aber doppelt schwierig erscheint, dann denkt daran, wie ihr es im Feld gefeiert habt, und wo – und denkt daran, wie es ein Halt gewesen ist gegen die

Lasten des äußern und innern Feindes, und wie schon das Datum, wie schon der Kalender Trost war in verdammt schwarzen Tagen. Und – weil wir hier gerade alle versammelt sind – denkt schließlich und zu guter Letzt – auch an etwas anderes. Nach dem Kalender fühlen ... Aber habt ihr einmal geliebt ...? Die Damen sehen in ihren Schoß, und die Herren lächeln so unmerklich, dass ich von meiner Kanzel her Mühe habe, es zu erkennen. Also ihr habt geliebt, und ihr – ich sehe keinen an – liebt noch. Nun, ihr Herren, und wenn sie Geburtstag hat? Nun, ihr Herren, und wenn der Tag auf dem Kalender steht, an dem ihr sie zum ersten Mal geküsst habt –? Nun? Ihr feiert das. Was im ganzen Jahr künstlich oder zufällig zurückgedämmt war – es bricht – wenn's eine richtige Liebe ist – elementar an solchem Tage hervor aus tiefen Quellen. Der Tag, dieser dumme Tag, der doch gleich allen anderen sein sollte, ist geheiligt und festlich und feierlich und freundlich – und ihr denkt und fühlt: sie – und nur sie. Nach dem Kalender ...? Nicht nach dem Kalender. Ihr tragt alle den Kalender in euch. Es ist ja nicht das Datum oder die bewusste Empfindung, heute müsse man nun ... Es ist, wenn ihr überhaupt wisst, was ein Festtag ist, was Weihnachten ist: euer Herz. Lasst uns einmal von dem Festtags-„Rummel“ absehen,

der in einer großen Stadt unvermeidlich ist. Lasst uns einmal daran denken, wie Weihnachten gefeiert werden kann, unter wenigen Menschen, die sich verstehen. Das ist kein Ansichtskarten-Weihnachten. Das ist nicht das Weihnachten des vierundzwanzigsten Dezembers allein – es ist das Weihnachten der Seele. Gibt es das –?
Es soll es geben. Und gibt es auch, wenn ihr nur wollt. Grüßt, ihr Herren, die Damen, küsst ihnen leise die Hand (bitte in meinem Auftrag) und sagt ihnen, man könne sogar seine Gefühle nach dem Kalender regeln: zum Geburtstag, zum Gedenktag – und zu Weihnachten. Aber man muss welche haben.

10

Das attraktive Seifenschälchen

Rita Fehling

War das mal wieder ein Stress dieses Jahr vor dem Fest! Essen vorbereitet für drei Tage, die Wohnung geputzt und dekoriert, Weihnachtskarten geschrieben und viele, viele Geschenke gekauft. Morgen ist Heiligabend und ich bin heilfroh, dass jetzt wirklich alles fertig ist. Jetzt können wir uns in Ruhe auf die Feiertage freuen. Was jetzt nicht besorgt ist, das fehlt dann eben.
Da fällt mir ein, dass ich meiner Nachbarin, Frau Neuhaus, versprochen habe, nochmal kurz auf eine Tasse Kaffee bei ihr vorbeizukommen. Kann man einen Tag vor Weihnachten jemanden besuchen, ohne ein Geschenk mitzubringen? Eigentlich nicht. Weihnachten ist doch das Fest des Schenkens. Aber was tun? Da kommt mir die rettende Idee, dass ich zu einem ähnlichen Anlass im letzten Jahr von der Mutter eines Freundes meines Sohnes ein attraktives Seifenschälchen bekommen habe. Es sah ein bisschen aus wie ein Werbegeschenk. Ich habe es nicht benutzt, genauer ge-

sagt hatte ich es ausgepackt und irgendwo in der Schublade verstaut, in der die Dinge aufbewahrt werden, für die es keinen richtigen Platz gibt. Ja, denke ich, Seifenschälchen gehen immer. Ich krame das etwas verstaubte Teil aus der Schublade hervor, packe es noch nett ein und mache mich auf den Weg zu meiner Nachbarin. Sie hatte noch ein paar andere Frauen eingeladen.
Es war wirklich nett, unser kleiner vorweihnachtlicher Plausch bei Kaffee, Kuchen und Kerzenlicht. Bis auf die Kleinigkeit und Peinlichkeit, als die Nachbarin die mitgebrachten Geschenke auspackte. Frau Jäger, besagte Mutter des Freundes meines Sohnes, war nämlich auch da, und ich wollte am liebsten im Boden versinken, wenn ich mir vorstellte, was passieren würde, wenn sie ihr Seifenschälchen wiedererkannte.
„Ach, wie entzückend, ein Kerzenständer!“ Frau Neuhaus war begeistert. Der Kerzenständer war eine Gabe von Frau Martin von gegenüber. Frau Neuhaus strahlte Frau Martin an und bedankte sich.
Die aber strahlte nicht zurück, sondern sah hochroten Kopfes die neben sich sitzende Frau Jäger an, die leise zischte: „Der kommt mir aber bekannt vor.“ Vermutlich hatte Frau Jäger also im letzten Jahr den Kerzenständer Frau Martin geschenkt, die

ihn in diesem Jahr an Frau Neuhaus weitergereicht hatte. So kann's gehen, dachte ich noch, als Frau Neuhaus mein Päckchen mit dem attraktiven Seifenschälchen auspackte. „Wunderschön", rief sie und ich warf einen demütigen Blick auf Frau Jäger. Doch die schien sich, manchmal hat man eben Glück, nicht an das Seifenschälchen zu erinnern. Inzwischen packte meine Nachbarin das nächste Geschenk aus mit den Worten: „Ich bitte Sie, das wär' doch nicht nötig gewesen, Sie sollten mir doch nichts mitbringen."

Nein, das hätten wir wohl nicht tun sollen, denn in dem Paket von Frau Becker steckte ein mit weihnachtlichen Motiven geschmückter Kaffeebecher, dessen Anblick Frau Neuhaus mit großer Wiedersehensfreude erfüllte.

Ich habe später alle Beteiligten getrennt voneinander befragt, konnte aber den Gang von Kerzenständer, Seifenschälchen und Kaffeebecher nicht ganz bis zum Jahr des käuflichen Erwerbs zurückverfolgen. Unbestätigten Gerüchten zufolge sollen alle Damen vor Jahren einmal an einer Kaffeefahrt teilgenommen haben.

Der krumme Tannenbaum

11

Nina Stögmüller

Es war einmal … auf einem Christbaummarkt in der Stadt. Da standen viele kleine Nadelbäume und warteten darauf, als Weihnachtsbaum von einem Menschen mit nach Hause genommen zu werden. Die stolzen Nordmanntannen konnten es kaum erwarten, in einem Wohnzimmer aufgestellt zu werden und dort in voller Pracht zu erstrahlen. Die Fichten waren etwas bescheidener, doch träumten auch sie ihre traditionellen Christbaumträume, voll von Lametta und Engelshaar. Siegessicher, bis zum Heiligen Abend noch einen stolzen Besitzer zu finden, standen die überzüchteten Bäumchen da und spreizten die Nadeln, um so buschig und dicht wie möglich zu wirken.

Nur ein Baum war nicht so ganz davon überzeugt, dass ihn je jemand mit nach Hause nehmen würde. Er war krumm gewachsen und sah ein bisschen anders aus als der Rest seiner Baumkollegen. Grundsätzlich ein gesunder Baum, aber eben kein kitschig schöner Weihnachtsbaum. Schon

beim Abschneiden auf der Christbaumplantage hatte er die Forstarbeiter reden hören: „So ein komischer Baum, wer soll denn den kaufen?“ Oder: „Wer will denn schon eine krumme Tanne zu Weihnachten im Wohnzimmer stehen haben!?“ Die Männer bogen sich vor Lachen und ahnten nicht, dass der Christbaum jedes Wort, das sie sprachen, verstand. Er wurde dennoch mit den anderen Bäumen auf einen Lastwagen verladen und zum Christbaumhändler gebracht.
Dieser empfing ihn mit den Worten: „Was soll denn das sein? Der ist ja mehr krumm als lang! Aber ich kann ihm ja immer noch die Äste absägen und sie als Tannenreisig verkaufen.“
Das klang jetzt wirklich bedrohlich, doch zum Glück vergaß der Christbaumverkäufer sein grausiges Vorhaben schnell wieder und kümmerte sich erst einmal um die Aufstellung der „schönen“ Christbäume.
Unser Baum war geknickt und ließ die Zweige noch mehr hängen. Er sah sich schon zu Weihnachten alleine auf dem Christbaummarkt herumstehen oder herumliegen, brutal zerteilt als Tannenreisig. Und das ist das Schlimmste, was einem Weihnachtsbaum passieren kann: zu Weihnachten nicht als echter, geschmückter Christbaum zum Einsatz zu kommen.

Diese besonderen Bäume bereiten sich ein Leben lang darauf vor, von den Menschen zu Weihnachten gekauft und mit in ihre Behausung genommen zu werden, wo sie schließlich prächtig geschmückt werden. Der Höhepunkt eines jeden Christbaumlebens ist natürlich der Heilige Abend, wenn alle Familienmitglieder rund um den Baum stehen, die Kerzen oder elektrischen Lichter angemacht werden und die lieben Menschen Weihnachtslieder singen. Da leben die Christbäume so richtig auf.

Jeden Tag wurde die Zahl der Bäume am Christbaummarkt kleiner. Bald waren nur noch wenige übrig. Der krumme Christbaum hatte schon alle Hoffnung auf einen Weihnachtseinsatz aufgegeben, als schließlich ein kleines Weihnachtswunder geschah. Es war am 24. Dezember, kurz vor Christbaummarktschluss, da eilte eine ältere Dame herbei und wuselte etwas schusselig zwischen den wenigen noch übrigen Tannen- und Fichtenbäumchen hin und her. Der Christbaumverkäufer wurde ungeduldig. Sie sollte sich beeilen. Doch die Dame ließ sich nicht beirren, sie prüfte die Äste der Bäume und packte schließlich auch noch ein Maßband aus, um die Länge und den Umfang der Nadelhölzer zu erfahren. Endlich entschied sie sich für unsere krumme Nordmanntanne.

Der Verkäufer schüttelte den Kopf: „Da sind doch noch viel schönere Bäume am Platz, warum nehmen Sie gerade diesen krummen Wicht?" Die alte Dame sah den Verkäufer an: „Das macht mir nichts aus, ich selbst bin auch nicht mehr ganz gerade und werde schon etwas bucklig, der Baum passt gut zu mir."

Unser Baum konnte sein Glück kaum fassen. Jetzt wurde er noch mit einem Plastiknetz verpackt und der Frau mit den Worten „Na, dann frohe, krumme Weihnachten!" überreicht. Die alte Dame bekam den Baum um den halben Preis, was sie sehr freute, denn sie war nicht besonders wohlhabend. Und das war auch der Grund, warum sie bis zum letzten Tag gewartet hatte, um sich einen Christbaum zu besorgen, denn sie dachte, dass am 24. Dezember die Bäume sicher günstiger wären. Den krummen Baum hatte sie bewusst ausgesucht, weil sie vorgehabt hatte, mit dem Christbaumverkäufer zu feilschen, doch das brauchte sie nun gar nicht, der Mann gab ihr „den krummen Wicht" freiwillig um die Hälfte.

Alle waren glücklich – der Christbaumverkäufer hatte noch ein Geschäft gemacht, die alte Dame hatte einen günstigen Christbaum erstanden, und unser Baum war selig, dass er es doch noch geschafft hatte, den Christbaummarkt in einem

Stück und nicht zu Tannenreisig zerhackt zu verlassen.
Die alte Dame wohnte nicht weit weg und schleppte ihren krummen Baum wie eine fette Beute hinter sich her. Ihre Wohnung war so klein, dass es fast unmöglich war, hier einen Christbaum aufzustellen; das war auch der Grund, warum sie so genau gemessen hatte am Christbaummarkt. Doch wenn man will, dann geht sich alles aus. Sie stellte den Baum mitten in ihrer Wohnküche auf und war zufrieden. Zu Weihnachten einen Christbaum zu haben, bedeutete ihr sehr viel. Sie holte den alten Christbaumschmuck aus ihrem Kellerabteil und fing an, den krummen Baum zu behängen.
Oh, wie das dem Baum gefiel! Was für ein Gefühl, im Mittelpunkt der Welt dieser alten Dame zu stehen und nun auch noch mit glitzernden Kugeln und Sternen geschmückt zu werden. Lametta und Engelshaar durften natürlich auch nicht fehlen. Was für ein schöner Baum!
Am Abend kam die Freundin der Frau zu Besuch, und gemeinsam feierten sie mit dem krummen Tannenbaum fröhliche Weihnachten. Die Kerzen am Baum wurden angezündet und Weihnachtslieder erfüllten den Raum. Dass der Baum etwas krumm war, störte überhaupt nicht, ganz im Gegenteil, die Freundin bezeichnete ihn sogar

liebevoll als „Christbaum mit Charakter". Als die Kinder und Enkelkinder am nächsten Tag zu Besuch kamen, staunten sie nicht schlecht über den eigenwilligen Christbaum. „Der ist aber schon ein bisserl schräg, Oma!", meinte die zehnjährige Enkelin, als sie den Baum sah. „Ja, genau wie deine Oma!", lachte die alte Dame.

Der ganz besondere Adventskranz

12

Stefan Gemmel

Ganz aufgeregt kam das kleine Häschen zu dem Schneemann gelaufen, der am Waldrand stand.
„Du“, rief es völlig außer Atem, „ich muss dir was erzählen!“
„Was ist denn los?“, fragte der Schneemann überrascht.
„Ich war heute in der Stadt bei den Menschen und habe in die Häuser geschaut. Du glaubst nicht, was ich gesehen habe: Die haben da Kränze aus Tannenzweigen mit vier Kerzen drauf.“
„Tannenzweige mit Kerzen?“, fragte der Schneemann verständnislos. „Wozu soll das gut sein?“
Das Häschen erklärte: „Damit verschönern sie sich die Zeit bis Weihnachten. Vier Wochen vor dem Fest zünden sie die erste Kerze an, eine Woche später die zweite und so weiter. Und wenn die vierte Kerze brennt, ist Weihnachten.“
„Lustig“, gab der Schneemann zu.
„Nur lustig? Ich finde das wundervoll. Da freut man sich doch gleich noch viel mehr auf den Weihnachtsabend.“

„Ja, das stimmt wohl."
„Ich hätte auch gerne einen Adventskranz", sagte der kleine Hase leise.
„Wo willst du den denn herbekommen? Und wie willst du die Kerzen anzünden? Hier, mitten im Wald? Das ist doch viel zu gefährlich."
„Schade." Das Häschen wurde traurig. „Ich hätte so gerne einen Adventskranz gehabt."
Da hatte der Schneemann eine Idee. „Komm doch morgen wieder vorbei", sagte er. „Vielleicht habe ich dann etwas für dich."
„Was denn?", wollte der Hase wissen.
„Überraschung!", rief der Schneemann, und das war alles, was er verriet.
Am Abend, als es schon sehr dunkel war, gab sich der Schneemann einen kräftigen Ruck, stand von seinem Platz auf und tappte auf seinen Schneemannsbeinen in die Stadt. Er wollte etwas besorgen, und er wusste auch schon, wo: in der alten Scheune des Bauern.
Schnell hatte er gefunden, was er wollte. Er steckte es in einen Sack und eilte zurück zum Wald.
Schon sehr früh am nächsten Morgen kam der kleine Hase wieder zum Schneemann. Und als er sein Geschenk entdeckte, sprang er vor Freude hoch in die Luft und lachte.
In den Schnee hatte der Schneemann vier Möhren

gesteckt, mit der Spitze nach oben, sodass sie wie vier Kerzen aussahen, und rundherum lagen Tannenzweige.

„Bitte sehr, ein ganz besonderer, dein eigener Adventskranz“, sagte der Schneemann. Der Hase war ganz außer sich vor Freude. „Danke“, rief er immer wieder, „danke!“ Und er besuchte den Schneemann und den Adventskranz jeden Tag.

dreizehn

Meine ersten Versuche mit der Stille

Jürgen Werth

Seit ich denken kann, kämpfe ich mit der Stillen Zeit am Morgen. Denn erstens bin ich kein Morgenmensch. Und zweitens kann ich mich so schwer an Gewohnheiten gewöhnen. Und drittens bin ich Künstler. Die machen ohnehin nicht, was die anderen machen.

Und trotzdem weiß ich, wie wichtig diese Zeit ist. Ob am Morgen, Mittag oder Abend, ich brauche ein Wort von Gott. Täglich. Ich brauche das Zwiegespräch mit ihm. Ständig. Gott gehört zu meinem Alltag wie das Frühstück am Morgen.

Und so kämpfe ich tapfer weiter …

Aber jede Beziehung braucht nicht nur Alltage, sondern auch Feiertage. Das ist der Gottesdienst am Sonntagmorgen, klar. Das sind die Festtage des Kirchenjahres, klar. Aber das sind für mich seit ein paar Jahren auch Stille Wochenenden, Stille Tage, Stille Wochen. Feiertage meiner Beziehung zu Gott.

Ich erinnere mich an das erste Stille Wochenende

bei der Jesus-Bruderschaft in Gnadenthal. Immer wieder hatte ich davon gelesen und gehört. Immer wieder aber hatte ich mich nicht getraut. Doch dann endlich hatte ich's gewagt.
Ein Rückblick in Tagebuchnotizen:
„Ich sitze hier mit der versammelten Unruhe meines Lebens. Noch ist Alltag. Noch hat der Stille-Tag so richtig nicht begonnen. Aber ich weiß schon, dass ich diese Phase zulassen muss. Ich kann nicht einfach abschalten, umschalten. Ich muss es auch nicht. Wer Gott begegnen will, muss nicht erst heilig werden. Er wird es. Wer die Stille sucht, muss sie nicht schon mitbringen. Er findet sie. Wer Belastendes abgeben möchte, darf es, muss es vor sich selbst und vor dem lebendigen Gott ausbreiten, damit er befreit werden kann. Und das darf so chaotisch, so unstrukturiert sein wie bei mir an diesem Morgen. Am Anfang der Schöpfung war Chaos, Tohuwabohu, und der Geist Gottes und sein Wort: ‚Es werde Licht.' Herr, lass es Licht werden heute."

„Ankommen ist schwer. Die liturgischen Gesänge zunächst fremd. Ich habe mich auf diese Tage gefreut. Nun erscheinen sie mir lang, wenig attraktiv. Gedanken bedrängen mich, Menschen, die mir auf der Seele liegen. Der Beruf mit seinen vielfältigen

Anforderungen, Zerreißproben. Die Gefahr, aufgerieben zu werden zwischen auseinanderstrebenden Interessen. Neu habe ich die Erkenntnis: es ist nicht wichtig, ob andere toll finden, was ich tue, denke, sage. Wichtiger ist, im Einklang mit Gott zu sein, denn das ist Freiheit. Ich kann nicht alle zufriedenstellen. Ich möchte, ich muss Gottes Willen tun. Mehr Zeit mit ihm verbringen. Mehr auf ihn als auf andere hören. Ich sehe die schwangere Maria auf dem Weg von Nazareth nach Ein Kerem. Ich höre ihr Magnifikat. Christus gewinnt Gestalt in ihr. Christus soll auch in mir Gestalt gewinnen."

„Einfach nur müde und leer. Die Stille bisher ohne Faszination. Keine tiefen Gedanken, keine tiefen Gebete. Gestern angekommen. Kalt und trüb ist es draußen. Schlafen tut gut. Nach der morgendlichen Einführung schlafen. Nach dem Mittagessen schlafen. Nach einem weiteren Impuls am Nachmittag erste zarte Gebetsfäden in der Kapelle. Komme ich allmählich an? Ich sehne mich nach Sonne, nach Licht, nach Freiheit, nach ungebrochener Gemeinschaft, nach angstfreien Zonen. Ich sehne mich nach dem Himmel. Und Gott sehnt sich nach mir. Ich weiß das. Aber glaub' ich es auch wirklich? Heute Nachmittag habe ich erfahren: Gott kommt, um meine Sehnsucht zu stillen.

Der Himmel kommt auf die Erde. Der Himmel kommt zu mir. Erfahre ich das?“

„Angekommen. Endlich. Ich freue mich wie ein kleiner Junge. Aufatmen, einatmen, ausschlafen. Nichts reden müssen, nichts raten müssen, nichts müssen müssen.“

„Fast drei Tage Schweigen. Ungewohnt. Aber ich mache überraschende Entdeckungen. Ganz schlichte zum Teil. Zum Beispiel diese: Im Schweigen erlebst du vieles intensiver. Den Tee und das Käsebrot zum Frühstück. Die warme Dusche. Und die Gegenwart Gottes. Beim Morgengebet Tränen der Freude: Jesus ist da. Er heißt mich willkommen und ich ihn. Und ich singe intensiver als sonst: ‚Gott ist gegenwärtig. Alles in uns schweige.‘“

Zur Stille gehört das Schweigen. Denn Schweigen fördert die Stille, gibt ihr Raum, damit Christus in mir Raum gewinnen kann.

14 Roswithens Weihnachtswunsch

Otto Ernst

Die Sache begann sehr harmlos. Als ich vor Jahren einmal mit Roswithen spazieren ging, fragte sie mich: „Vater, magst du gern Ziegen leiden?“

Ich kann eigentlich nicht behaupten, dass ich Ziegen überwältigend reizvoll finde. Ich antwortete also langsam und gedehnt: „Nun jaaaa – hm – wie man's nimmt – warum nicht?“

„Ich schrecklich gern!“, seufzte Roswitha. „So kleine junge Ziegen find' ich reizend!“

Ja, wenn sie noch klein sind, sind sogar Menschen reizend. Dachte ich, sagte ich natürlich nicht. Damit schien dieses Thema erschöpft.

Die Lektüre seiner Kinder kann man nicht sorgfältig genug überwachen. Ich hatte es daran fehlen lassen: Roswitha erwischte eine Geschichte mit einer Ziege darin. Es war „Heidi“ von Johanna Spyri, eine nette Geschichte, wenn nur keine Ziege drin wäre und wenn die nicht noch obendrein „Schneehöppli“ hieße. Nun hatte Roswithens Sehnsucht einen Namen: „Schneehöppli“, nun saß die Sehnsucht fest.

„Wenn ich verheiratet bin, dann kann ich doch tun, was ich will, nicht?“
Sie nahm mein Schweigen für Bejahung.
„– und wenn ich den Ludwig heirate, denn kauf ich mir 'ne Ziege, und die soll Schneehöppli heißen. Wenn ich Fritz heirate, der will drei Kinder haben; aber wenn ich Ludwig heirate, der will keine Kinder haben, denn schaff ich uns 'ne Ziege an.“
Von Zeit zu Zeit rückte der Termin des Ziegenkaufes ein tüchtiges Stückchen vor.
„Wenn ich groß bin, dann kauf ich mir usw.“ – „Wenn ich nicht mehr zur Schule gehe und 'n ganzen Tag frei habe, dann kauf ich mir usw.“
Als einmal wieder die Weihnacht nahe war, wurde Roswitha nach ihrem Wunsch gefragt.
„Mein höchster Wunsch ist ja natürlich 'ne Ziege, aber –“
„Aber Liebling“, rief meine Frau, „wie sollen wir denn hier in der Stadt eine Ziege halten! Wenn wir so ein Tierchen anschaffen, muss es doch sein Recht haben! Wo sollen wir es denn unterbringen!“
„Hm“, machte Roswitha mit nachdenklichem Gesicht, „in der Küche kann sie ja nicht sein?“
„Nein“, erklärte meine Frau entschieden, „in der Küche kann sie ja nicht sein!“ Dieser Versuchsballon war geplatzt.

„Das arme Tierchen würde sich gar nicht wohlfühlen bei uns", versicherte meine Frau.
Nein, wenn es sich nicht wohlfühlte, dann ging's nicht, das sah Roswitha ein, wenigstens für einige Monate. Unglücklicherweise musste sie dann über den Robinson geraten. Hatte Heidi eine Ziege gehabt, so hatte Robinson eine ganze Insel voll wilder Ziegen. Ich bin überzeugt, der arme Schiffbrüchige erschien Roswithen als der beneidenswerteste der Menschen, weil er in Ziegen förmlich schlampampen konnte.
Dann kaufte ich ein Haus auf dem Lande mit einem großen Garten, und dann musste ein Unglücksbengel aus dem Dorfe Roswithen eines Tages erzählen, er könne ihr eine kleine Ziege für eine Mark fünfzig verkaufen. –
Aufgelöst kam Roswitha nach Hause. „Vater! Mutter! 'ne Ziege kostet bloß eine Mark fünfzig! Ich hab' ja fünf Mark in mein'm Spartopf; darf ich sie mir holen?"
„Liebe Roswitha, es ist nicht wegen der Mark fünfzig; eine Ziege braucht doch auch einen ordentlichen Stall, und den haben wir nicht, können wir in unsern Garten auch gar nicht unterbringen." –
Damit war auch dieser Angriff abgeschlagen …
Aber eines Morgens beim Frühstück begann sie: „Vater, ich weiß was. Unten im Keller haben wir

doch so 'ne große Bücherkiste, nicht?" „Ja?" „Da machen wir einfach 'ne Tür hinein, und denn ist das 'n Ziegenstall."
Da riss mir die Geduld. „Roswitha", sagte ich ernst, „nun hörst du endlich auf mit deiner Ziege, nun hab ich's satt. Du bekommst keine Ziege, und damit basta!"
Die Absage wirkte. Roswitha sprach weder von Stall noch Ziege mehr, nicht einmal andeutungsweise, nicht einmal zu den Geschwistern. Sie ging fortan still einher, aber nicht etwa traurig, nicht etwa gedrückt, nein, Roswitha schien durch ihren Verzicht gesetzter, ihre Augen, ihr ganzes Gesicht schien seelenvoller geworden zu sein.
Meine Frau und ich kamen spät in der Nacht aus fröhlicher Gesellschaft heim und wollten uns eben zur Ruhe begeben, da sahen wir auf dem Nachttischchen einen Brief liegen.
Auf dem Umschlag stand von Roswithens Hand: „An Mami und Papi".
Wir öffneten und lasen gemeinsam:
„Meine süßen geliebten Wonne-Eltern bitte bitte schenkt mir doch eine ganz kleine Ziege, ich will auch gar nichts zu meinem Geburtztag und zu Weinachten haben und ich will mir auch schrecklich Mühe in der Ortografi geben, du sollst sehen, Mami, wenn ich groß bin, schreib ich ganz rich-

tich, und ich will auch ein guter Mensch werden und garnicht mehr heftig und jezornig sein. Ich bitte euch so schrecklich, schenkt mir 'ne Ziege, wenn Mutti mich unterichtet denk ich immer blos an die Ziege. Tausend Billionen Küsse von eurer Roswitha."

Was soll ich weiter sagen – am nächsten Morgen bewilligten wir die Ziege.

Die offene Tür

15

Hans Fallada

Lini und Max Johannsen heirateten Anfang Dezember. Er war ein alter Junggeselle – um die fünfunddreißig –, er hatte jahrelang auf seinem Hof herumgebrüllt, er war kein sanfter Mensch, und für die Heirat war er auch nicht gewesen. Sie war fünfundzwanzig, zart und blauäugig, und sehr verliebt hatte sie ihren Max herumgekriegt. Schließlich hatten sie beide vor dem Altar „Ja" gesagt und jenen Bund geschlossen, der ... Das weiß man.
Die ersten Differenzen zeigten sich kurz vor Weihnachten. Er hatte einen Anzug aus dem Schrank genommen. Er hatte dabei eines ihrer Kleider vom Bügel gestoßen. Sie hatte gescholten. Da hatte er ihre Kleider aus dem Schrank geworfen. „Weil wir verheiratet sind, brauchen wir noch nicht denselben Kleiderschrank zu benutzen." Sie fand ihn schrecklich brutal. Das war der Anfang. Das Weihnachtsfest bekam Max Johannsen gar nicht.
Er saß im Hause herum, hatte nichts zu brüllen, irgendwo anzufassen, zu treiben, sich zu betätigen. Er musste immerzu essen, trinken, rauchen

und hatte Gelegenheit, seine Frau den ganzen Tag zu sehen. Ihm fiel auf: Sie kam in sein Zimmer, sie sagte ihm was. Sie ließ die Tür offen, er schloss die Tür. Sie sprachen. Sie ging. Die Tür war auf. Er machte sie zu. Das fiel ihm auf.
Wie gesagt, er war eben unbeschäftigt. Ohne Weihnachten wäre vielleicht nichts erfolgt. So sagte er: „Lini, mach die Tür zu."
Er sagte: „Die Tür steht auf, Lini."
Er bat: „Bitte, schließ die Tür, Lini."
Er stellte fest: „Ihr scheint zu Haus Säcke vor der Tür gehabt zu haben."
Sie war strahlender Stimmung. Sie kam ins Zimmer gestürzt, erzählte etwas eifrig. Er sah von seinem Zimmer über das Wohnzimmer durch den Vorplatz in die Küche. Er sprach: „Die Tür ist wieder nicht zu, Lini."
Sie sagte: „Ach, entschuldige!", und stürzte zu ihrem Putenbraten. Natürlich blieb die Tür offen.
Im Grunde seiner Seele war Max Johannsen ein geduldiger Mensch: Wer mit Tieren umgeht, muss geduldig sein. Die zweite Phase seiner Bemühungen um die offene Pforte war die, dass er Lini verwarnte:
„Lini, du musst die Türen zumachen."
„Lini, es gibt Krach, wenn du die Türen nicht schließt!"

„Zum Donnerwetter, die verfluchte Tür steht schon wieder auf!“

Lini sagte: „Verzeih“, und schloss die Türen oder ließ sie offen, wie es sich grade traf.

Am Abend des zweiten Feiertages sagte Johannsen warnend: „Lini, wenn du jetzt die Türen nicht zumachst, bring ich es dir auf eine Art bei, die dir unangenehm sein wird.“

„Aber ich mach doch die Türen zu, Max“, sagte sie erstaunt, „fast immer.“ Ging hinaus und ließ die Tür auf.

In dieser Nacht wachte Johannsen auf. Es zog kalt an seine Schulter, die Tür stand offen. Leise fragte er: „Lini?“, aber Lini war weg. Johannsen stand frierend auf und schloss die Tür. Er lag wartend. Lini kam, sie legte sich ins Bett. Johannsen spürte wieder den kalten Zug an seiner Schulter. Er wartete eine Weile, dann stand er auf und schloss die Tür.

Am nächsten Morgen um fünf Uhr hatte er im Ochsenstall eine Unterredung mit Stachowiak. Stachowiak war ein galizischer Bengel, achtzehn oder neunzehn, keine Schönheit. Einige Silbermünzen klingelten, Stachowiak grinste.

Um sechs Uhr stand Frau Johannsen auf. Sie trat aus ihrem Schlafzimmer, beinahe bekam sie einen Schreck: Da stand ein Kerl. Der Kerl grinste, er sagte: „Morgen, Madka", und dann machte er die Schlafzimmertür zu. Frau Johannsen ging in die Küche. Stachowiak ging auch in die Küche. Sie hatte die Tür aufgelassen, er machte die Tür zu. Frau Johannsen sagte sehr hastig und erregt etwas zu Stachowiak, aber vielleicht war er des Deutschen nicht so mächtig: Er lachte. Frau Johannsen sagte sehr laut: „Raus! Stachowiak, raus!", und zeigte auf die Küchentür. Stachowiak lief zur Tür, probierte die Klinke und nickte beruhigend: Die Tür war zu.

Lini bekommt eine Idee, sie stürzt auf den Hof und ruft nach ihrem Mann. Stachowiak stürzt hinterher und macht die Türen zu. Herr Johannsen ist aufs Feld geritten.

Zum Frühstück ist Max wieder da. Er sitzt an einem Ende des Tischs, seine Frau am andern. Zwischen ihnen sitzen Inspektor und Eleve, Rechnungsführer und Mamsell. Hinter Frau Johannsen steht Stachowiak. Frau Johannsen sieht, dass das Salz fehlt. Sie stürzt in die Küche, türschließend stürzt Stachowiak nach.

Der Eleve bekommt einen Lachanfall, Johannsen fragt sehr scharf: „Wie bitte, Herr Kaliebe?" Langsamer taucht Frau Johannsen mit dem Salz auf, hinter sich Stachowiak. Das Frühstück verläuft wortlos.

Auch die Unterhaltung nach dem Frühstück zwischen dem Ehepaar ist kurz. Max ist Stahl. „Bitten haben nicht geholfen, nun lernst du es so."
„Ich finde das einfach brutal!"
„Möglich, aber es hilft."
„Wie lange soll dies Theater dauern?"
„Bis ich überzeugt bin, es hat geholfen."
„Gut. Du wirst aber sehen ..."
Was er sehen wird, bleibt unklar. Vor der Tür steht jedenfalls Stachowiak.
Und der Hof erlebt das Schauspiel: Wo Frau Johannsen auftaucht, taucht Stachowiak auf. Lini ist ernst, gehalten, düster, sie merkt diesen Ochsenknecht gar nicht. Der Hof merkt ihn sehr. Sie muss das Geflügel besorgen. Stachowiak besorgt mit. Sie sieht nach dem Jungvieh. Stachowiak sieht mit. Ach, Gut Wandlitz ist so weit aus der Welt ..., auf dem Hofe, zwischen Stall und Scheune, stehen zwei grüngestrichene Häuschen mit herzförmigen Türausschnitt, Frau Johannsen ist nur ein Mensch. Nun gut, Stachowiak hält treue Wacht, obwohl sie diese Tür bestimmt schließt.
Es wird Abend. Es wird Nacht. Es wird Morgen. Ein zweiter Morgen mit Stachowiak. Die Auseinandersetzung an diesem Mittag zwischen dem Ehepaar ist sehr lebhaft und hat ein Ergebnis: Frau Johannsen langt dem Stachowiak eine! Und wie! Drauf

ruft Johannsen den Bengel in sein Zimmer. Wieder klingelt Geld …, und der Türschließer ist gegen weitere Ohrfeigen gefeit. Doch am schlimmsten ist es am dritten Tag. Frau Johannsen ist grade auf dem Hof, ein Kutschwagen fährt auf die Rampe, Besuch! Frau Johannsen stürzt hin, Stachowiak stürzt mit. Es ist Frau Bendler vom Rittergut Varnkewitz … Ach, es ist so peinlich, sie gehen in das Haus, und Stachowiak geht mit. Wie sie über den Vorplatz, durch das Herrenzimmer kommen, macht Lini Bewegungen und Laute, wie wenn sie ein Huhn scheucht, aber Stachowiak ist nicht zu verscheuchen. Was muss Frau Bendler denken!
Nun, die Frauen reden eine ganze Weile miteinander. Wenn die Tür aufgeht und das Mädchen mit dem Tablett hereinkommt, sehen sie den Stachu, wie er höflich von draußen die Tür hinter dem Mädchen zumacht. Nun, das öffnet das Herz. Die Frauen weinen und lachen, sie flüstern und sie lachen wieder: Es dauert eine lange Zeit. Schließlich kommt Johannsen auch noch dazu, er kann noch die Einladung für sie beide annehmen, zu Bendlers auf Silvester … Eine große Ehre ist das. Sicher hat ihm das gut getan … Er summt und flötet den ganzen Abend, und am Morgen ist Stachowiak wieder bei seinen Ochsen.
Es ist ein Jammer, dass die junge Frau am Silves-

terabend nicht mitkommen kann! Es ist ihre erste Gesellschaft, und sie kann nicht mit! Sie ist krank. Nein, sie ist nicht etwa beleidigt, sie ist sogar sehr nett: Unbedingt soll er fahren. Schließlich fährt er. Ach, es ist herrlich auf Varnkewitz zu Silvester! Was für ein Essen! Was für reizende Frauen! Was für Weine! Was für Schnäpse! Was für Zigarren! Und sie sind alle so nett zu ihm. Sie prosten ihm zu. Sie schenken ihm immer wieder ein. Sie müssen ihn ja trösten, zum ersten Mal in seinem Leben ist er Strohwitwer ... So eine reizende Frau. Na, trink, Brüderlein, trink!

Hat Johannsen überhaupt noch die zwölfte Stunde erlebt? Er weiß es nicht mehr. Sicher erinnert er sich nur an eines: Auf der Rampe ist Wacker mit dem Jagdwagen vorgefahren, sein braver Kutscher Wacker, genau wie sein Name. Johannsen will einsteigen, aber so ein Jagdwagen hat zwei höllisch steile Stufen, er schafft es nicht. Er lacht und nimmt einen Anlauf, er schafft es nicht. Die andern Herren lachen auch. Schließlich fassen ihn zwei bei den Armen. Sie geben ihm einen Schwung. Ja, er ist drin in seinem Wagen, aber ..., er ist auch schon wieder draußen, auf der andern Seite, glatt durchgefallen, wie eine Kanonenkugel hindurchgefeuert.

Die Herren sind schrecklich bestürzt ..., er hat sich

doch nichts getan? Sie helfen ihm wieder, sie geben ihm wieder einen Schwung, o Gott, da ist die Lehne, ich muss mich festhalten. Wieder draußen! Nein, so geht es nicht. Ein anderer Wagen fährt vor, eine Strohschütte liegt darauf. Sie legen ihn weich, gleich schläft er. Sie könnten Kühe vor diesen Kastenwagen spannen, er würde es gar nicht merken. Aber so sind sie nicht, sie nehmen Ochsen.
Es ist Nacht, als Johannsen aufwacht, ihm ist schrecklich schlecht. Und mit der Klarsichtigkeit der Verkaterten weiß er plötzlich: Sie haben ihn zum Narren gehabt, sie haben ihn nicht ohne Grund so angeprostet … Sie haben ihn nicht aus Versehen durch den Wagen geworfen. Das einzige, worin sie die Wahrheit gesagt haben, das war das mit der reizenden Frau. So ein sanftes kleines Wesen, und er solch ein roher Schuft …
Er liegt eine Weile still, es ist ganz dunkel. Sein Bett kommt ihm komisch vor … Ausgezogen ist er auch nicht … Hier schnarcht doch was … O Gott, ist ihm schlecht!
„Lini?", fragt er leise. Stille.
„Lini?", fragt er lauter.
„Liebe Lini?" Er tastet neben sich.
Er fasst in Stoppeln. Eine raue Stimme fragt: „Panje?"

Licht wird es. Über ihn beugt sich Stachowiak. „Was zu trinken, Panje?"
Er liegt in der Kammer vom Stachu, beim Stachu.

Was ist noch zu erzählen? Max Johannsen ist ganz sanft und leise über den Hof in sein Haus gegangen. Er hat sich in sein Zimmer gesetzt und hat nachgedacht. Ziemlich lange Zeit hat er gehabt, dann war der Neujahrsmorgen da, und die Lini kam ins Zimmer. Er hat Zeit gehabt zum Nachdenken. Um so besser ist es ihm geglückt, ihr ein neues Jahr zu wünschen, und mit „neues" hat er wahrscheinlich wirklich etwas Neues gemeint, was die meisten Gratulanten nicht behaupten können.

16 adventlich

Die Geschichte vom Tannenbäumchen

Luise Büchner

„Tante Luise“, sagte am andern Abend Mathildchen, „was erzählst du uns denn heute für eine Geschichte? Weißt du denn noch etwas?“
„Ja, freilich weiß ich noch etwas, hört mir nur zu!“
„Ach, Tante“, sagte das Mathildchen wieder, „es dauert doch gar zu lange, bis das Christkind kommt, ich kann es kaum mehr aushalten und werde ganz ungeduldig.“ „Ungeduldig? Das musst du dir vergehen lassen. Höre nur, wie geduldig das Tannenbäumchen war und wie es stille wartete, bis seine Zeit kam, denn die Geschichte, die ich heute erzähle, kommt in unserm Garten vor!“
Die Kinder stützten ihre kleinen, runden Ellenbogen auf der Tante Knie und sie begann:
„Es war einmal ein schöner großer Garten, in dem standen eine Menge Bäume, welche alle die herrlichsten Früchte trugen. Auf dem einen wuchsen Kirschen, auf dem andern Birnen, auf dem dritten Äpfel und so fort, aber bei allen gab es etwas zu naschen vom Frühjahr bis zum Herbst, und die

Kinder, die in dem Garten wohnten, hatten die Bäume sehr lieb.
Nun war es wieder einmal Frühling und der Garten stand da in seinem schönsten Schmucke. Die Kirschbäume waren anzusehen, als wären sie mit Zucker bestreut, die Pfirsiche hatten rosenrote Blüten wie der Abendhimmel und die Apfelbäume waren mit weißen Röslein ganz überschüttet.
Da war kein Strauch und kein Bäumchen, wenn auch noch so klein, welches nicht eine Blütenflocke oder ein lichtes, saftgrünes Blättchen aufzuweisen hatte; und wenn dann die liebe Sonne so drüber hinschien, war der Garten gar zu lieblich anzusehen. Aber mittendrinnen in all der Pracht stand ein kleiner Baum, für den schien kein Frühling gekommen zu sein, denn starr und dunkelgrün streckten seine Nadeln sich hinaus und auch nicht die kleinste weiße oder rote Blüte war daran zu sehen.
Das Bäumlein aber war trotz seiner Armut ganz zufrieden und beklagte sich nicht, und kam manchmal im Vorüberfliegen ein Vöglein seinem Wipfel nahe und ruhte sich darauf aus, so freute es sich wie die andern Bäume an dessen Gezwitscher und dachte nicht daran, wie unscheinbar es neben ihnen aussah.
Aber das ärgerte die schön geputzten Bäume, und

ein hochmütiger Kirschbaum fing auf einmal an und sprach: ‚Es ist doch ein rechtes Glück, wenn man hübsch aussieht und auch zu etwas gut ist in der Welt! Was habe ich jetzt für feine, weiße Blüten, und wenn diese abgefallen sind, dann kommen die frischen, grünen Blätter und zuletzt die prächtigen, roten Kirschen, an denen die kleinen und großen Leute ihr Vergnügen haben. Ach, wie froh bin ich, dass ich nicht so ein einfältiger Tannenbaum geworden bin wie derjenige hier neben mir, der doch zu nichts auf der Welt gut ist, als um uns den Platz zu versperren!'

‚Du hast recht', rief ein stattlicher Birnbaum, „dein Nachbar ist mehr als überflüssig im Vergleich mit uns. Von meinen saftigen Birnen will ich noch gar nicht reden, aber welchen prächtigen Schatten gebe ich in der Hitze den lieben Kindern, die sich auf der Bank unter meinem Blätterdache ausruhen. Nicht einmal vor der Sonne vermag der einfältige Tannenbaum zu schützen.' ‚Ja, ja', fing nun ein dicker Apfelbaum an, ‚mit uns kann sich der arme Tropf freilich nicht messen. Was mich aber am meisten verdrießt, ist, dass man die langen Zapfen, welche der Herbstwind von ihm herunterschüttelt und die weder für Mensch noch Tier genießbar sind, Tannäpfel nennt, als ob sie auch nur die entfernteste Ähnlichkeit mit meinen schmackhaften Früchten hätten; es ist wirklich zu arg!' Dabei schüttelte der alte Herr sein Haupt so gewaltig, dass dicke Blütenflocken zur Erde fielen und einzelne an den Nadeln des armen Tannenbäumchens hängen blieben. ‚Seht, wie er sich jetzt auch noch mit fremden Federn schmückt!', schrie ein naseweiser, junger Pflaumenbaum, ‚der Unverschämte, er glaubt, weil er spitze Nadeln habe, dürfe er uns allen trotzen!'

Und nun fingen alle Bäume zugleich an, auf die arme Tanne zu schelten, und lobten dabei unaufhörlich ihre eigenen Früchte sowie den Nutzen, den diese brächten. Selbst die Johannis- und Stachelbeerbüsche blieben nicht still und niemand wollte dem bescheidenen Tannenbäumchen das mindeste Gute zuerkennen.

Drüben über dem Bach war ein Wald voll schöner Buchen und Eichen; auch diese fingen an, mitzuspotten und sich hervorzutun. Eine dicke Buche überschrie zuletzt alle und rief: ‚Wenn wir auch keine so süßen Früchte tragen wie der liebe Kirschbaum und der vortreffliche Apfelbaum, so sind wir doch gleichfalls von dem allergrößten Nutzen. Im Sommer geben wir kühlen, prächtigen Schatten, und im Winter heizen wir die Zimmer ein, wenn es draußen stürmt und schneit, denn wir haben gutes, festes Holz, aber selbst das Holz der hässlichen Tanne ist elendes Zeug, macht schwarz und rußig und gibt keine Wärme. Nebenbei sind unsre kleinen Früchte auch gar nicht zu verachten; die Bucheln glänzen zwar nicht durch äußere Schönheit, aber man presst gutes, fettes Öl daraus, in dem man Pfannkuchen und Kräppeln backen kann, die sehr gut zu den gekochten Kirschen und Pflaumen schmecken!'

,Nun, bist du bald fertig?', fing eine Eiche neben ihr an, ,du tust, als ob du der erste Baum im Walde wärest. Mich lasse reden. Ich bin die deutsche Eiche und ein poetischer Baum. Wo es irgendein Fest gibt, macht man aus meinen Blättern Kränze, ich komme in Millionen Gedichten vor, und mein Laub ist überall Vorbild für Stickereien, in Gold, Seide und Perlen. Was nun den Nutzen betrifft, so ist der meinige ohne Widerrede der bedeutendste. Mit meinen Eicheln mästet man Schweine, und es gibt verständige Leute genug, die essen lieber ein gutes Stück Schweinebraten als Kirschen und Birnen und wie all das süße, kraftlose Zeug heißt, mit dem ihr so gewaltig großtut!' Nachdem die Eiche dies gesprochen hatte, fächelte sie sich mit ihren Zweigen, hob stolz den Wipfel empor und sah sich um, als wolle sie fragen: ,Wagt es noch jemand, etwas zu sagen?'

Wahrhaftig, die deutsche Eiche hatte mehr Mut als gewöhnlich ein deutscher Mensch. Die anderen Bäume blieben auch ganz still, und keiner muckte, bis endlich eine schlanke, grüne Linde sich zu regen begann und leise säuselte: ‚Ei, ei, ihr lieben Freunde! Am Ende bin ich doch noch die wichtigste von euch allen, wenn meine Blüten auch sehr klein und unscheinbar und fast nur durch ihren süßen Duft bemerkbar sind. Aber man bereitet guten, lindernden Tee daraus, und haben die kleinen Leute zu viel von dem guten Obst gegessen und davon Leibschneiden bekommen und sind die großen zu lange unter den Buchen und Eichen herumgeschwärmt, sodass sie sich den Schnupfen geholt, dann muss sie dieser gesund machen, damit sie wieder von vorn anfangen können.'

Als die kluge Linde schwieg, nickten die anderen Bäume und lachten, denn sie waren der schönen Linde alle gut, nur die Eiche brummte etwas in sich hinein von ‚dumm und albern!'; aber sonst blieb alles ruhig. Das arme Tannenbäumchen hatte die ganze Zeit über zitternd und schweigend dagestanden, doch nun suchte es, die allgemeine Stille zu benutzen, um auch ein Wörtchen zu seiner Verteidigung zu sagen. Ganz leise und schüchtern fing es an: ‚Ach, ihr lieben Bäume, ich weiß wohl, dass ihr mich als den schlechtesten von euch allen betrachtet, aber so ganz nutzlos und überflüssig bin ich doch auch nicht, wenn ich auch weniger schön geschmückt bin als ihr. Aus meinem Holze kann man Häuser und Schiffe bauen und mit den Tannenzapfen machen die Leute ihr Feuer an, auch –.'

‚Ha! ha! ha!' schallt es da aus allen Ecken und Enden, ‚ha, ha, ha, hört doch das dumme Ding! Wenn es nur lieber ganz geschwiegen hätte. Mit Hobelspänen kann man auch Feuer machen, als ob das ein Verdienst wäre. Ha, ha, ha!' Und die Bäume bogen und neigten sich und wollten sich bald totlachen und der dicke Apfelbaum verlor noch manche weiße Blüte in seiner großen Lustigkeit.

Endlich ging die Sonne unter; die Vögel suchten ihr grünes Quartier auf und wollten ihre Ruhe haben; so wurden die Schwätzer denn stiller und stiller, und als der silberne Mond langsam heraufstieg, lag alles im tiefsten Schweigen. Nur ein Baum konnte nicht ruhen und schlafen, das war das Tannenbäumchen. Es war so betrübt, dass es gern bittre Tränen vergossen hätte, wenn es ein Mensch und kein Baum gewesen wäre. Ach, es konnte sich gar nicht zufriedengeben und wünschte sich auch weiche, flatternde Blätter und süße Früchte, damit es von niemand mehr verspotten werden dürfe. Wie es nun so dastand in seiner Betrübnis, ward es auf einmal vor ihm ganz helle und licht, und wie aus der Erde gewachsen schwebte auf dem grünen Rasen ein wunderschöner Engel. Er hatte ein langes, schneeweißes Gewand, weiße Flügel an den Schultern, auf dem Kopfe trug er einen Kranz von den schönsten Rosen, und darüber hing ein langer Schleier, der glänzte wie gesponnenes Silber. Na, könnt ihr euch wohl denken, wer der schöne Engel gewesen? Natürlich war es niemand sonst als unser liebes Christkind, welches alles mit angehört und angesehen, wie es auch immer sieht, ob ein Kind lieb oder unartig ist. Das arme bescheidene Tannenbäumchen tat ihm in tiefster Seele leid, und darum kam es jetzt zu ihm geflogen und sagte mit seiner süßen Stimme: ‚Tannenbäumchen, was fehlt dir denn?' Aber das Bäumchen konnte nicht antworten, es war zu betrübt und auch zu erschreckt von dem hellen Glanz und Christkindchens Anblick; es schüttelte nur leise den Wipfel, da fuhr Christkindchen fort: ‚Tannenbäumchen, ich weiß es recht gut, was dir fehlt; die bösen Bäume hier haben dich ausgelacht, weil du nicht so schön bist wie sie. Aber warte nur, bald sollst du schöner sein wie sie alle. Wenn der Winter kommt und Schnee und Eis auf der Erde liegt und all die Bäume hier kahl und entlaubt stehen, dann sollst du süßere und buntere Früchte tragen als Kirschen, Birnen und Äpfel, und die Kinder werden sich mehr über dich freuen und dich lieber haben als alle andern Bäume auf der Welt!'

Nachdem das Christkind dies gesagt, war es geradeso schnell wieder verschwunden, als es gekommen, und nur der liebe alte Mond warf noch silberne Strahlen auf die stille Welt.
So vergingen Sommer und Herbst, die Bäume hatten nach und nach all ihre Früchte hergegebenund der Winter kam mit raschen Schritten heran. Wohl hatten sie noch manchmal das Tannenbäumchen ausgespottet, aber es machte sich nichts mehr daraus und dachte immer nur an das, was Christkindlein ihm versprochen hatte. Bald war an dem Apfel- und Birnbaum kein Blättchen mehr zu sehen, die Eiche und Buche streckten ihre nackten Arme zum Himmel empor und froren erbärmlich, aber es half nichts – es war eben Winter und sie mussten sich von dem kalten Nordwind nach allen Seiten hin und her zausen lassen. Unser Tannenbäumchen hielt sich wacker, es blieb so grün und frisch wie im Sommer und wartete in Geduld, bis seine Zeit käme. Auf einmal, in einer langen, dunk-

len Nacht, da ward es wieder ganz hell und licht, und der schöne Engel stand wieder neben dem Bäumchen und sagte: ‚Ich bin da, um mein Wort zu halten. Nun sollst du einmal sehen!'

Neben dem Christkind im Schatten stand Nikolaus, der hielt seinen großen Sack mit beiden Händen auseinander, und Christkind griff hinein und wieder hinein und überschüttete das Bäumchen mit goldenen Nüssen und Äpfeln, mit köstlichem Zuckerwerk, mit Rosinen und Mandeln, mit funkelnden Perlen und silbernen Sternen, sodass es schöner und bunter glänzte und prangte als je ein Baum zuvor. Dann steckte der Nikolaus brennende Kerzchen an die Zweige der Tanne, da leuchtete sie fast so hell wie die Sternlein an dem dunklen Nachthimmel über ihr. Wie nun alles fertig war, klingelte Christkind laut und lange mit seiner silbernen Schelle, dass alle Bäume und Sträucher ringsumher aufwachten, sich verwundert umsahen und nicht wussten, woher auf einmal all der Glanz und die Pracht kam.

‚Seht hierher, ihr Necker und Spötter!', rief nun das Christkind mit lauter Stimme, ‚der herrlich geschmückte Baum vor euch, das ist das Tannenbäumchen, welches ihr ausgespottet und gekränkt habt und das nun schöner ist, als je einer von euch gewesen. Jetzt nehme ich es mit mir, wohin ihr niemals kommt, in warme, geschmückte, helle Stuben und zu fröhlichen Menschen. Alt und Jung wird sich an seinem Anblick erfreuen und die Kinder werden es am liebsten von allen Bäumen haben!‘

Damit nahm Christkindchen das Bäumchen in die Hand, breitete seine Flügel aus, und fort war es, ehe sich die erstaunten Bäume ein wenig von ihrer Verwunderung erholen konnten. Ganz verdutzt blickten sie dem hellen Streifen nach, bis er im Dunkel entschwand, und nickten dann verdrossen und kopfschüttelnd wieder ein. Wohin aber Christkind das Tannenbäumchen trug, das brauche ich euch nicht zu sagen, das wissen alle artigen Kinder, die zu Weihnachten eins bekommen.
Nun esst ihr zwar sehr gern frische Kirschen und süße Birnen, gebratene Äpfel und Pflaumenmus; wenn ich euch aber jetzt frage, welcher Baum ist euch der liebste von allen, was werdet ihr sagen?“
Da riefen Georg und Mathildchen jubelnd und wie aus einem Munde, und alle Kinder rufen es mit ihnen: „Das Tannenbäumchen! Das Tannenbäumchen!“

Gleich ist Weihnachten

Xenia D. Cosmann

„Gleich ist der Winter da, er kommt mit Frost und Schnee“, behauptet Maries Großvater.
„… und mit Valentin, es ist schließlich auch gleich Weihnachten!“, ergänzt Marie. Da lacht der Großvater und geht hinaus.
Marie betrachtet voller Vorfreude ihre Bastelarbeiten. Alle beschenkt Marie mit einem Haus:
Mutti kriegt das Mogelhaus, Valentin das Vogelhaus, Vater das Patrizierhaus und Großvater ein Nest! Der bekommt ein richtiges Vogelnest mit kleinen glitzernden Glasvögeln. Das gehört dann in den Tannenbaum.
Marie hat die Schachtel für bunte Spielkarten mit einem spitzen Dach beklebt, das Mogelhaus steht schräg auf dem Giebel, weil Mutti immer mogelt, wenn sie mit Marie spielt!
Ha! Fast alles fein und fertig. Bloß der komplizierte Bausatz für das Patrizierhaus war zu schwierig. Marie braucht die Hilfe des Bruders Valentin, dringend, denn morgen ist der Heilige Abend.
Aus der Küche ruft Mutti. Die Familie versammelt

sich. Mitten in die Suppe platzt der Valentin! So spät!
Marie staunt mit offenem Mund: Da ist ja noch ein Schuljunge! „Wir haben doch nur einen bestellt“, denkt sie.
Der fremde Junge begrüßt Marie mit einem Satz, den sie nicht versteht, denn er hat eine Kartoffel im Mund oder so. Er steht steif, weiß und gerade neben der offenen Tür.
Das Licht aus dem Arbeitszimmer fällt auf Kupferhaar, sein Gesicht ist schattig. Zwei senkrechte Falten über der Nase spalten die Stirn.
„Harry ist Weihnachten allein!“ Das ist alles, was Marie mitbekommt.

Als alle am Tisch sitzen, hören sie mehr. Großvater fragt und die beiden Jungen antworten. Harry hat Eltern, aber sie haben keine Zeit. Der Vater gibt Konzerte auf der ganzen Welt. „Also Geiger, Solist ... Und deine Mutter?“, meint Großvater.
„Jahaha ...“, sagt der fremde Junge gedehnt.
Valentin antwortet schnell: „Seine Mutter hat jetzt einen anderen Mann!“
Großvater sagt etliche englische Sätze und lächelt besänftigend.
„Valentin, du musst mir helfe, bitte!“, flüstert Marie. Nichts zu machen! Sie muss ins Bett, da-

bei will sie wissen, wie Valentin den steifgefrorenen Freund losgeeist und mit sich gelotst hat. Aber der vertröstet seine Schwester: Morgen, morgen ...

Am Morgen ist es still und dunkel.
Marie schleicht in die schummrige Küche.
Vier Kerzen leuchten auf dem Tannenkranz. Valentin trinkt Tee und berichtet. Es sei schwer gewesen, Harry zu überreden, ohne Einladung der Eltern mitzukommen und ihn nicht einfach anzulügen: Alles okay. Und diese Sprache! Er musste mächtig englisch pauken!
Er hat Harry gern. Mehr als Marie? Wahrscheinlich! Aber so was fragt man nicht.
Valentin ist gern ins Internat gegangen. Das Beste: „Keine Mädchen! Die meisten sind zickig, nicht so nett wie du!", sagt der große Bruder.

Marie ist nicht lange traurig. „Bloß mit der Hilfe wird es wieder mal nix! Valentin darf mit dem Vater den Weihnachtsbaum aus dem Wald holen. „Einer muss tragen helfen!" Hat Vater gesagt. Valentin ist stolz. „Oh, Mann! Wenn man dich schon mal braucht!", stöhnt Marie.
Der Bruder schlägt vor, dass ihr Harry helfen solle. Aber das will Marie nicht, weil sie ihn eigent-

lich nicht kennt. Und überhaupt: „Soll ich ihm auch was schenken?“
„Wie du willst“, sagt Valentin und guckt komisch.
Marie muss auch tragen helfen: Christbaumschmuck aus dem Keller.
Auf der Treppe wartet Harry. Er möchte wohl, dass Marie etwas sagt.
„Na gut: Komm, du kannst mir was helfen, wenn du willst.“
Da freut sich aber einer! Marie nimmt ihn mit. Harry fragt, was er machen soll.
Marie zeigt, dass dem Patrizierhaus der Schornstein fehlt. Wenn in ihm eine Räucherkerze brennt, dann raucht der kleine Schlot. Vier Einzelteile müssen an der schrägen Kante auf das Dach geklebt werden. Aber wie? Das Material ist zerbrechlich wie Porzellan. Der Klebstoff in der Tube ist fast verbraucht.
Harry runzelt die Stirn mit den zwei senkrechten Falten: „Dieses ist zu klein, zu klein für das!“ Er fährt mit dem Finger die Kanten entlang.
„Zu wenig, meinst du, ja, aber ich habe nicht mehr.“ Marie sieht zweifelnd auf.
Bei den Worten „zu wenig“ nickt Harry eifrig und beginnt, die zugeschraubte Tube vom Ende her gegen die Tischkante zu streichen. Sie wird flach und der Klebstoff sammelt sich an der Öffnung. Das ist patent, das wird Marie sich merken. Harry

bestreicht alle Kanten sorgfältig. Hurra, drei Teile kleben schon. Auf dem Tisch liegt nur noch eins. Das will er eben nehmen, da wischt es der weiße Pullover-Ärmel direkt vor Maries Füße. Es zerbricht auf dem Parkett."

„Oh!" Erst ist Marie sehr leise, dann laut und verzweifelt. „Geh' weg, geh' weg! Ich kann dich nicht leiden!"

Harry wird ganz steif und geht sofort. Er dreht Marie den Rücken zu, auch als er die Tür geräuschlos von außen schließt.

Marie schluchzt: „Valentin, Vater, Großvater!" Aber es ist niemand da! Sie hört die Haustür und stürzt aus ihrem Zimmer.

Bevor sie die Treppe hinunterrennt, riecht sie es schon: Tanne! Weihnachten und kein richtiges Geschenk für den Vater!

Marie will gerade wieder weinen, da fällt ihr ein: Der Vater wird traurig sein. Und wer noch?

Marie bleibt auf dem ersten Treppenabsatz stehen. Nein, sie kann jetzt nicht zu den anderen gehen. Marie muss denken. Es ist gleich Christabend und sie war ekelhaft zu Harry, der ihr doch geholfen hat. Wer sagt denn, nur weil etwas aus Versehen herunterfällt: Ich kann dich nicht leiden! Ob er weint? Jungen weinen doch nicht und der schon gar nicht. „Was mach' ich bloß? Was mach' ich bloß?", wispert sie. Ein Taschentuch hat sie auch mal irgendwo gehabt …

Marie steigt entschlossen die Treppe wieder hinauf. Alle sind noch beschäftigt. Gott sei Dank!

Sie klopft an. Keiner sagt „herein“.

Sie geht trotzdem hinein. Sofort purzeln die Worte übereinander: „Harry, es tut mir leid, es tut mir, Ehrenwort, leid! Das war ein Versehen und ich war so ungerecht, es tut …“ Und dann weint sie, weil Harry ihr leidtut.

Er steht wie eine Salzsäule, beide Arme eng an die Seite gepresst, die Daumen in Fäusten verborgen, die leicht zittern.

Dann nimmt sie die eine Faust in beide Hände, schaut ihn genau an und sagt langsam, damit er sie auch versteht: „Es tut mir leid!“

Harry fährt sich mit der freien Hand durchs Haar: „Komm!“, sagt er.

In Maries Zimmer hebt Harry die Scherben auf, misst den Schornstein ab und bittet um Papier und Bleistift. Auf das gezeichnete und ausgeschnittene Schornsteinteil will er die Scherben kleben. Womit?

„Aufschneiden!“, meint Marie.

Harry lächelt, passt die Bruchstücke lückenlos aufs Papier und dieses in die drei Schornsteinseiten.

„Patent!“, denkt Marie.

Großvater, Vater und Valentin rufen durch das Haus: „Christbaum putzen!"
„Gleich!", brüllt Marie.
Ehe Harry verschwindet, dreht sie sich noch einmal um und legt den Finger auf die Lippen. Denkt Harry etwa, dass sie Valentin von ihrem Streit erzählt?
Sie will noch ein Geschenk einpacken: Ein Lebkuchenhaus mit sechs Lebkuchenherzen drin! Sie schreibt auf die letzte Weihnachtskarte: „Für Harry von Marie".
Dann beeilt sie sich, um nichts zu verpassen: Der Christbaum ist riesig!
Vater steht auf der Leiter und befestigt die Wachslichter. Marie darf Kugeln anbringen.
Valentin reicht seinem Freund glitzernde Glasfiguren, Harry redet in zwei Sprachen durcheinander. Marie und Valentin lernen viele Vokabeln. Großvater arbeitet und redet und lächelt zugleich. Mutti schaut einfach lachend zu. Selbst das Aufräumen macht heute Spaß.
Plötzlich hören sie Großvater rufen: „Seht nur, es schneit!"
Großvater sieht sehr froh aus. Warum? Weil es schneit?

ACHTZEHN

Das Wegzeichen

Eva Rechlin-Bartoscheck

Gegen Mitternacht hatten die drei Männer allein die Stadt verlassen, und der geschweifte Stern leuchtete wieder am Himmel und wies ihnen die Richtung. Sie waren schon eine gute Wegstrecke weit gegangen. Jeder führte sein Tragtier, einen Esel. Der eine trug Gold, der zweite Weihrauch, der dritte Myrrhe – Geschenke, die die Männer aus dem Morgenland für den neuen König mitgebracht hatten.

In der Stadt Jerusalem hatten die Männer den Neugeborenen nicht gefunden. Im Palast des Königs Herodes waren sie auf Misstrauen und Neid gestoßen, und davor waren sie geflohen, als die Nacht angebrochen war.

Niemand hatte ihnen sagen können, wo der neue König zu finden war, dessen Geburt ihnen, die am Himmel zu lesen verstanden, der Stern angezeigt hatte. Auch in dieser Nacht stand er funkelnd über ihnen. Aber bald graute der Morgen und Stern um Stern erlosch. Selbst das Licht des großen, geschweiften Sterns verblasste vor den Strahlen der aufgehenden Sonne.

Die Männer beobachteten es besorgt, und als sie den Stern nicht mehr sahen, hielten sie an.
„Wir werden bis zur nächsten Nacht rasten müssen", sagte einer von ihnen, „ohne unseren Stern finden wir den richtigen Weg nicht." Sie hoben die Lastballen von den Eselsrücken und ließen die Tiere weiden. Dann rissen sie trockene Dornbüsche aus dem Sand und schichteten sie für ein Feuer, denn um diese Stunde war es kühl. Sie setzten sich um das Feuer, nahmen Fleisch und Brot aus ihren Reisesäcken und aßen. „Es kann nicht mehr weit sein", sagte der Schwarzhäutige, „denn der geschweifte Stern stand zuletzt fast über uns. Vielleicht sind wir vor dem Ende der nächsten Nacht am Ziel." Die anderen blickten sich um. Sie sahen nur dürres Gras, Dornbüsche und Sand von Horizont zu Horizont. „Kein Schloss, keine Burg, kein Palast", sagte einer, „in denen ein König geboren sein könnte, den der Himmel selbst durch einen geschweiften Stern angekündigt hat." „Und warum", fragte der Dunkle, „warum gibt es nicht ein gleiches Wegzeichen für den Tag? Warum nur einen Stern in der Finsternis … aber nichts, kein Feuermal, keinen Wolkenpfeil, keinen Vogel, kein Zeichen, das uns am Tage den Weg weist?"
So saßen die drei Männer um das Feuer, fragten einander und wussten keine Antwort, zweifelten

und froren, denn das trockene Dornengestrüpp war rasch niedergebrannt.
Da hörten sie aus der Nähe einen hellen, klagenden Schrei, gleich darauf wieder, und alle drei sprangen auf und spähten in die Wüste. Der Laut kam von einem Dornbusch herüber. Als sie darauf zugingen, sahen sie ein weißes, wolliges Bündel, das sich in den Dornen verfangen hatte. „Es ist ein Lamm!", rief der Älteste, der einen Bart trug, „ein Lamm, das sich verirrt haben muss." Er eilte zu dem Tier, befreite es aus den Dornen und nahm es auf seine Arme. „Ein so kleines Lamm allein in der Wüste!", sagte er nachdenklich. – „Dass in der Nacht keine Hyäne es gerissen und gefressen hat!", rief der Jüngste erstaunt. „Es müssen Hirten mit ihren Herden in der Nähe sein. Denen ist es entlaufen." Kaum hatte er das gesagt, sahen sie in der Ferne einen Mann herankommen. Er trug einen langen Stab und hielt den Blick gesenkt, als folgte er einer Spur. Bald erkannten sie, dass es ein Hirt war. Da er das Lamm in den Armen des Bärtigen entdeckte, stürzte er mit einem Freudenruf darauf zu. Nach zwei Schritten jedoch blieb er erschrocken stehen, als sähe er erst jetzt außer dem Lamm auch die Fremden. Wahrhaftig, sie sahen fremd aus: Jeder war gekleidet wie ein Fürst. Und doch waren alle drei von der langen Wanderung ausgezehrt und erschöpft wie Bettler, dazu

der eine von ihnen dunkel wie verbranntes Laub.
Aber noch ehe der Hirt fragen konnte, wer sie seien, hob der Bärtige ihm das Lamm entgegen und sagte: „Nimm es. Wir haben es in den Dornen gefunden und sind froh, dass es dich zu uns gelockt hat, denn vielleicht wirst du uns zeigen können, was wir suchen."
Der Hirt nahm das Lamm auf seine Arme. „Wie kann ich euch dafür danken", fragte er, „dass ihr mir das Lamm zurückgebracht habt?"
„Dein Dank gehört nicht uns", sagte der Bärtige, „vielleicht aber wirst du unseren Dank verdienen, denn wir suchen etwas, das wir bei Tage nicht finden können."
Der Hirt wunderte sich darüber. „Ich kenne hier jeden Strauch", sagte er. „Wenn ihr etwa einen Weg sucht, so will ich ihn euch zeigen."
„Diesen Weg wird uns nicht jeder zeigen können. Bisher war es ein Stern, der uns führte."
Der Hirt horchte auf und fragte: „Ein Stern mit einem Schweif?" Die Männer nickten.
„Dann sucht ihr den Heiland!", rief der Hirt beglückt.
„Wir suchen den neugeborenen König", sagte der Dunkle, „er kann nicht mehr weit von hier sein." Der Hirt nickte. „Ihr sucht das Kind im Stall von Bethlehem. Wir haben es gesehen, in der Nacht, als es gerade geboren war."

„Du sprichst von einem Stall", rief ärgerlich der jüngste der drei, „wir aber suchen einen König!"
„Ihr werdet ihn finden und erkennen", sagte der Hirt, „folgt mir, ich führe euch zu meinen Gefährten in das Hirtenlager. Von dort aus ist es nicht mehr weit bis zur Krippe im Stall."
Die drei Männer blickten einander an. Hatten sie nicht genug von räuberischen Überfällen auf Reisende gehört? Und konnte dieser Hirt nicht der Lockvogel einer Räuberbande sein?
„Warum führst du uns nicht allein auf den richtigen Weg?", fragte der Dunkle.
Der Hirt sah sie fragend an. In ihren Gesichtern standen Zweifel und Abwehr. Er blickte auf ihr Gepäck, das im Sande lag, und begriff, was sie dachten und befürchteten. Er schüttelte den Kopf und trat mutig nahe vor sie hin.
„Packt mich, wenn ihr mir nicht traut", sagte er, „ich bin einer, ihr seid drei."
Und als sie schwiegen und sich nicht rührten, fuhr er fort: „Wir Hirten haben ihn gefunden, den ihr sucht. Darum gehören wir und ihr zusammen, und zu uns werden alle gehören, die sich auf den Weg zu ihm machen."
Und die drei Fremden folgten dem Hirten in das Lager.

Weihnachten für Hakim

19

Christa Spilling-Nöker

„Was wünscht ihr euch denn zu Weihnachten?“, fragte Frau Vogt, die Klassenlehrerin der 4b, ihre Schülerinnen und Schüler. „Neue Computerspiele“, „einen eigenen Fernseher“, „Inline-Skates“, „einen kleinen Hund“, riefen alle durcheinander. „Und was wünscht du dir?“, wandte sie sich schließlich an Hakim, den syrischen Flüchtlingsjungen, der während des Geschreis ganz still auf seinem Stuhl gesessen hatte. „Dass meine Großeltern in den Trümmern überleben, dass wir bald anerkannt werden und dann eine Wohnung finden. In der Flüchtlingsunterkunft sind so viele Leute, da ist es immer schrecklich laut“, antwortete dieser traurig, um dann fortzufahren: „Im Krieg ist das rechte Knie meiner kleinen Schwester durch Granatsplitter zertrümmert worden. Sie wird nie wieder richtig laufen können. Sie hat zwar Gehhilfen, aber damit schafft sie es kaum bis zur Schule. Deshalb wünsche ich mir für sie einen passenden Rollstuhl, damit wir auch einmal aus dem Heim herauskommen und spazieren gehen können. Das

Amt bewilligt ihr keinen, weil sie schon Krücken bekommen hat. Und ich wünsche mir, dass mein Vater endlich zu uns kommen darf und dass es in meiner Heimat für immer Frieden gibt. Ihr Christen betet ja an eurem Weihnachtsfest auch um Frieden", fügte er ernst hinzu. Die anderen Kinder waren plötzlich ganz still geworden. Aus dieser Perspektive hatten die meisten von ihnen Weihnachten bisher nie betrachtet, auch wenn sie die Geburtsgeschichte Jesu mit der Verheißung des Engels vom Frieden auf Erden im Religionsunterricht durchgenommen hatten. In erster Linie war es ihnen nur um die Geschenke gegangen.
Als es zur Pause läutete, verließen alle, im Gegensatz zu dem sonstigen Gerangel, leise und betreten den Klassenraum. Am nächsten Tag fehlte Hakim wegen eines grippalen Infekts. Die Lehrerin wollte gerade die Aufgaben für eine Mathematikarbeit austeilen, als sich Jana, die Klassensprecherin, meldete: „Frau Vogt, können wir die Arbeit bitte verschieben? Wir haben etwas ganz Wichtiges mit Ihnen zu besprechen." Frau Vogt runzelte die Stirn. „Das muss aber sehr wichtig sein." „Ist es auch." Jana erzählte, dass sie und die meisten anderen in der Klasse zu Hause mit ihren Eltern über Hakims „Weihnachtswünsche" gesprochen hätten. In der großen Pause hätten sie sich untereinander

beraten. Sie würden Hakims Schwester gerne helfen und hätten dafür auch schon ein paar Ideen parat. „Das können wir doch nur heute mit Ihnen bereden, weil Hakim fehlt." „Einverstanden, dann schreiben wir die Arbeit morgen in der zweiten Stunde." Mitgefühl und soziales Engagement sind allemal wichtiger als ein Mathetest, dachte sie.
In der nächsten Konferenz trug sie dem Kollegium das Anliegen ihrer Klasse erfolgreich vor. Der Schulleiter erklärte den Samstag vor dem dritten Advent zum Projekttag über das Thema Syrien, sodass auch die Eltern, die berufstätig waren, kommen konnten. Natürlich erschienen nicht alle. Einige hatten schon im Vorfeld dagegen protestiert, dass man die Flüchtlinge, die vom Staat ohnehin mehr als genug bekämen, auch noch gesondert unterstützen sollte. Frau Vogt hatte sogar persönlich Drohbriefe erhalten. Aber die interessierten sie nicht. Kritische Stimmen muss man eben aushalten, wenn es darum geht, sich für andere Menschen einzusetzen.
Von einigen Kollegen wurde über die derzeitige Lage in Syrien berichtet. Schülerinnen und Schüler anderer Klassen hatten dazu mit Fotos aus Zeitungen und Illustrierten Plakatwände gestaltet. Zudem wurden in den Gängen des Schulhauses Tische aufgestellt, auf denen die Kinder selbst

gebackene Weihnachtsplätzchen und im Kunstunterricht gestaltete Weihnachtskarten zum Verkauf anboten. Daneben gab es noch einen Stand mit Secondhandkleidung. Viele Eltern und auch Lehrerinnen und Lehrer hatten zahlreiche Kuchen gebacken und gestiftet. Man kam schnell miteinander ins Gespräch: über die politische Situation in dem geschundenen Land, aber auch über Glaubensfragen.

Am Nachmittag waren die meisten Dinge verkauft; auch der Kuchen hatte reißenden Absatz gefunden. Zusammengerechnet ergab sich eine Summe von 387 Euro. Die Kinder waren außer sich vor Freude. Als das Kollegium am Ende der Veranstaltung noch im Lehrerzimmer beisammensaß, zollten alle Frau Vogt großes Lob für die Aktion.

Darüber, dass man sich für die anderen Flüchtlingskinder an der Schule auch in besonderer Weise engagieren sollte, war man sich schnell einig.

Hakim, der gar nicht mitgekriegt hatte, dass der Betrag seiner Schwester zugutekommen sollte, war fassungslos. Aber damit nicht genug. Die meisten Schülerinnen und Schüler der 4b erklärten sich dazu bereit, ihn für jeweils einen Nachmittag zu sich nach Hause einzuladen, damit er seine Hausaufgaben dort in Ruhe erledigen konnte.

Am Abend kam die ganze Klasse zur Flüchtlingsunterkunft, um seiner Mutter den Ertrag des Basars zu überreichen. Die war vor Freude überwältigt und dankte ihr von Herzen. Dabei konnte sie ihre Tränen kaum unterdrücken. Hakims Schwester jubelte vor Glück. Schließlich fassten sich alle an den Händen und baten um Frieden für die Welt. Und die Sterne leuchteten am Himmel über allen gleichermaßen, welchen Glauben sie auch in ihren Herzen trugen.

20 Das Weihnachtsfest war nahe

Marie von Ebner-Eschenbach

Das Weihnachtsfest war nahe, wir konnten die Tage bis zum 24. Dezember schon an den Fingern abzählen, als sich etwas begab, das uns in die größte Aufregung versetzte. Vor unsern Nasen gleichsam verschwanden unsere Puppen. Auf einmal waren alle fort.

Eine vollständige Puppenauswanderung hatte stattgefunden.

Das Bett, in das Fritzi gestern noch ihre älteste Tochter, die große Christine, schlafen gelegt hatte – leer. Die Angehörigen Christinens hinweggefegt, als ob sie nie da gewesen wären.

Meine blonde Fanchette, die freilich von der Blondheit nur noch den Ruf besaß – denn eine geduldige Friseurin war ich nicht –, ebenfalls unauffindbar. Wir kramten vergeblich nach ihr in unsern Laden, durchforschten alle Schränke und Winkel. Wir liefen ins Kinderzimmer und klagten die armen kleinen Brüder des Raubes unserer Puppen an. Dass wir auch im vorigen Jahre kurze Zeit vor Weihnachten denselben Jammer erlebt und dann unter dem Christbaum ebenso viele Puppen, als wir vermisst hatten, mit glänzend lackierten Gesichtern, reichem Gelock und schön gekleidet sitzen sahen, fiel uns nicht ein. Oh, wir waren dumme Kinder!

Ich glaube nicht, dass es heutzutage noch so dumme Kinder gibt.

Pepinka, ärgerlich über die Nachgrabungen, die wir nun auch in dem von ihr beherrschten Reiche zu unternehmen begannen, ließ sich zu einem unvorsichtigen Worte hinreißen. „Geht, geht! Sucht eure Puppen dort, wo sie sind."

„Weißt du, wo sie sind? ... Ja, ja, du weißt es! Wo sind sie?" Wir ließen nicht nach, gaben ihr keine Ruhe, bis sie endlich, um uns loszuwerden, sagte: „Die kleine Greislerin hat sie gestohlen. Grad ist sie mit der Christine über die Gasse gelaufen."

Gestohlen also!, unsere Kinder gestohlen!, durch die kleine Greislerin – oh, das leuchtete uns ein. Der konnte man alles Schlechte zutrauen.

Ihre Mutter hatte einen Laden, gerade unter einem der Fenster des Kinderzimmers. Wir kauften dort die Glas- und Steinkugeln, mit denen wir eine Art Kriegsspiel spielten. Von der Mutter erhielten wir immer fünf Stück für einen Kreuzer, von der

Tochter nur drei. Genügte das nicht, um uns ein Licht aufzustecken über das ganze Wesen dieser Person? Sie, natürlich, war die Puppenentführerin, sie lief herum mit der Christine, an ihr musste Rache genommen werden. Es musste! Ich war Feuer und Flamme dafür, und es gelang mir, meine Schwester davon zu überzeugen. Auch die sanfteste Mutter kann grausam werden, wenn es Kindesraub zu bestrafen gilt. Am liebsten würden wir die Missetäterin durchgeprügelt haben – woher aber die Gelegenheit dazu nehmen?
Sie bei der Frau Greislerin verklagen?
Ach, die tut ihr nichts, die fürchtet sich selbst vor ihr. Was also soll geschehen? Was für ein Gesicht soll unsere Rache haben? Ein schwarzes!, machten wir endlich aus. Es war beschlossen, was der Diebin geschehen soll: Wir werden ihr Tinte auf den Kopf gießen.
Pepi war ins Nebenzimmer zu den Kleinen gegangen und hatte die Tür geschlossen; wir glaubten unser nichtsnutziges Vorhaben ungestört ausführen zu können. Ich holte eilends das Fläschchen herbei, das unsern Tintenvorrat enthielt; wir schoben in das Fenster, unter dem der Greislerladen sich befand, einen Schemel und bestiegen ihn. Fritzi öffnete den inneren Fensterflügel und mit Mühe nur ein wenig den äußeren, und ich steckte

den mit der Tintenflasche bewaffneten Arm durch den Spalt. Jetzt – hinunter mit dem Guss! Hinunter auf die Greislerin, die natürlich nichts Besseres zu tun hat, als dazustehen und ihm ihr schuldiges Haupt darzubieten.
Die spanische Armada war einst nicht siegesgewisser ausgezogen als wir zu unserer Unternehmung – und ihr Schicksal teilten wir. Die Elemente erhoben sich wider uns. Es stürmte an dem Tage im Rotgässchen wie anno 1588 auf dem Atlantischen Ozean, und noch dazu gab's ein Gestöber von weichem Schnee. Ein Windstoß entriss meiner Schwester den Fensterflügel und schlug ihn gleich darauf so schnell wieder zu, dass ich kaum Zeit hatte, meinen ausgestreckten Arm zurückzuziehen und das Tintenfläschchen vor dem Sturze zu retten. Sein Inhalt übersprühte die Glasscheibe, tropfte, mit Schnee und Regen vermischt, vom Fenstersimse herab, umhüllte meine Finger mit der Farbe der Trauer.
Laut und lebendig gestaltete sich der Schluss des ganzen Abenteuers. Pepinka musste etwas von unserm Treiben vernommen haben, denn plötzlich stürzte sie herbei. Ihr Antlitz glich dem rot aufgehenden Monde, ihre Haubenbänder flogen – ich weiß noch recht gut, dass sie eidottergelb waren.
„Ihr Verdunnerten!", rief sie. „Jesus, Maria und Jo-

sef! Fenster aufreißen, mitten im Winter! Was fällt euch ein, ihr, ihr …" Der Rest sei Schweigen.
Mögen die Ehrentitel, mit denen sie uns ausstattete, der Vergessenheit anheimfallen. Sie bildeten eine relativ milde Einleitung zu den in prophetischem Tone ausgesprochenen Worten: „Ihr könnt euch freuen. Gleich wird die Polizei über euch kommen!"
Da war mit einem Mal alles erloschen, jeder Funke des Hasses gegen die Greislerin und bis aufs letzte Flämmchen unsere lodernde Racheglut.
Nur noch einen heißen Wunsch hatten wir, nur mit einer Bitte bestürmten wir Pepinka:
Nur die Polizei nicht hereinlassen! Nur der Polizei nicht erlauben, dass sie komme, uns „einzuführen"!

Vorweihnachtsblitz aus trübem Himmel

21 Zauber

Andreas Malessa

„Neiiin!! O Mist!" Hanne schrie auf.
„Sooooo ein Licht ist geil!"
Beide Ausrufe gellten gleichzeitig durchs Halbdunkel des Wagens. Hanne bremste hektisch. Was aber nicht mehr nötig war.
„Was war das, Mama?"
„Ein Radarblitz", keuchte sie, „wir sind geblitzt worden, verstehst du? Scheiße aber auch!"
Infolge ihrer plötzlich langsameren Fahrweise hatten sich hinter ihr etliche Autos aufgereiht, deren Scheinwerfer vom automatischen Innenspiegel gnädig abgeblendet wurden. Hanne machten sie trotzdem nervös.
„So ein Licht hab ich noch nie gesehen, Mama! Ganz hell, so dunkelrot und trotzdem hell!"
„Darum geht es nicht, mein Schatz. Ich bin von der Polizei erwischt worden. Und Papa wird bald eine ordentliche Strafe zahlen müssen."
„Polizei? Da war überhaupt gar keine Polizei. Und wieso Papa?"

„Weil ihm das Auto gehört und … ja dann überhol' doch meinetwegen!!! Los, los, bitte sehr, Blödmann!!"
Luzias Mutter tippte ärgerlich mit dem rechten Fuß kurz auf die Bremse und mit dem Zeigefinger an ihre Schläfe. Niemand hinter ihr hatte wirklich gedrängelt. Es war ihr aber so vorgekommen. Genervt scherten die Fahrer der nachfolgenden Wagen auf die linke Spur aus und röhrten vorbei. Zug um Zug blinkten ihre Lichter grell in Hannes Außenspiegel auf. Sie glaubte zu schwitzen. Fand ihren Gurt plötzlich zu eng.
Luzia schmollte. „Du sagst immer: Der Papa muss zahlen, der Papa muss zahlen. Das ist ganz gemein! Das Auto gehört nämlich uns allen!"
Hanne kniff die Lippen aufeinander und gab wieder mehr Gas.
„Ja, Luzilein. Aber es ist auf seinen Namen angemeldet und deshalb wird die Polizei *ihm* schreiben und *er* muss Strafe zahlen. Obwohl *ich* zu schnell gefahren bin."
Dass ihre Neunjährige oft und gern Partei ergriff für den abwesenden Papa, war Hanne im Kopf durchaus verständlich. Eine Familientherapeutin hatte ihr es erklärt. Weh tat es trotzdem.
Luzia schwieg. Wagte sie nicht, weiter zu fragen? Weil die Stichworte Geld und Auto erfahrungsge-

mäß zu Streit zwischen ihren getrennt lebenden Eltern führte? Schuldgefühle rechtzeitig abbauen, hatte die Therapeutin geraten.
Hanne fing an: „Natürlich werde ich dem Papa alles …“ Sie wurde knapp und schnell unterbrochen: „Lässt uns die Polizei jetzt nicht mehr zu Burger King fahren, Mama? Das hast du mir aber versprochen!“
Mama verdrehte die Augen. Diese egoistischen kleinen Biester!
Zwei Ausfahrten weiter leuchtete der amerikanisch weihnachtlich geschmückte Schnellfresspavillon. Drinnen roch es nach Bratfett und Desinfektionsmittel. Luzia bestellte mehr, als sie zu essen schaffte. Hanne ließ es gleichmütig zu. Die Wärme im Raum, der Geräuschpegel, das Absacken nach dem Schrecken machten sie müde. Versonnen einem Berg aus Pappkartons und Papier gegenübersitzend, dachte sie an die Höhe des Bußgeldes, die Punkte in Flensburg, den bürokratischen Schriftverkehr.
Aus den Deckenlautsprechern tropfte Bing Crosbys ölige Stimme. „I'm dreaming of a white Christmas.“
„Das hat er für die US-Soldaten im Pazifik-Krieg gesungen. '41 oder '42 glaub ich …“ Ein offenbar angetrunkener Opa setzte sich zu Hanne und

Luzia an den Tisch. „... weil Weihnachten in Pearl Harbour ja eher heiß war als weiß, hehehehe ..." Luzia rückte ängstlich zur Seite und mampfte schneller. Hanne sah vor ihrem geistigen Auge Mündungsfeuer, explodierende Schiffe und rot blinkende Flugzeuge im Sturzflug. Als ihr Handy klingelte, meinte sie, die Hafensirene von Pearl Harbour zu hören.

„Klaus hier. Nabend Hanne. Du, ich wollte mal fragen, ob Luzia nicht Lust hätte, morgen mit mir in eine Art musikalischen Kindergottesdienst ..."

Klaus? Klaus! Schlagartig war Hanne wieder voll da. „Gut, dass du anrufst. Du, ich muss dir was sagen. Ich, äh, also, ich bin geblitzt worden. Dumm gelaufen, ja. Zwanzig oder fünfundzwanzig drüber, was weiß ich. Mit dem Van, ja. Ich ..."

Gleich würde der ermittelnde Kriminalkommissar Klaus, ihr Noch-Mann und Gegner, gewissermaßen eine alte Schirmlampe so umbiegen, dass der grelle Lichtkegel Hanne voll ins gehetzte Gesicht blendete. Und dann würde das Verhör beginnen. Wie in einem Spionagefilm.

Die Schuldige sprach schneller: „... ich zahle natürlich selbst. Schick' mir den Formularkram und trag' meine Kontonummer ein, okay? Ich bitte dich lediglich, Luzia gegenüber daraus keinen Staatsakt ..."

Klaus blieb gelassen. Verwirrend friedlich. Keine Eiseskälte in der Stimme? Keine Häme? Hanne hielt inne. Nahm Witterung auf. Der ungepflegte Opa am Tisch bediente sich inzwischen bei Luzias übrig gebliebenen Pommes.
„Kein Thema, Hanne. Kann passieren. Solange dein Lappen nicht futsch ist, geht's ja. Hör zu: Komm' doch morgen mit, wenn du magst. Ein Weihnachtskonzert für Kinder unter dem Motto ‚So ein Licht!'. Wahrscheinlich mit Kerzen und Blockflöten und Pfarrer und allem Pipapo."
Luzia merkte, wie sich ihre Mutter entspannte. Unaufgefordert räumte das Kind die Verpackungen zusammen, behielt dabei den fremden Tischgast im Auge und trug das Tablett zum Müllschlucker. Hanne nahm ihr Handy in die andere Hand. „Äh, wie? Na schön. Und du meinst …"
„… ich meine, wir sollten da zu dritt hingehen, ja. Natürlich nur, wenn du kannst. Ist doch bald Weihnachten, hm? Es wäre um 18 Uhr im Volvo-Autohaus an der Stadtautobahn."
„Im Autohaus? Ein Kindergottesdienst?!"
„Ja, das ist ja der Gag an der Sache: Bei den Schweden ist am 13. Dezember Luzia-Fest. Sie feiern wohl eine Heilige. Und hier veranstalten die Firma Volvo und die Kirchengemeinde das halt gemeinsam. Da kriegen die Mädchen so Kerzenkrän-

ze aufs Haar gesteckt. Stell dir mal unsere kleine Süße als Betschwester mit leuchtendem Kranz im Haar vor!" Klaus lachte ins Telefon, dass man es noch in der Geräuschkulisse eines Burger King aus dem Handy schnarren hörte. Hanne musste lächeln. Luzia kam neugierig nähergerückt.

„Aber verrate ihr nichts, ja? Ciao, bis morgen."

„Was hat der Papa gesagt? Ist der nicht böse wegen dem roten Radarblitz?" Hanne hörte die Fragen gar nicht. Versenkte das Handy in ihrer Handtasche, kramte den Autoschlüssel heraus und stand auf. „So ein Licht, mein Liebes, hab ich auch noch nie gesehen. Wirklich toll, was?"

Eine feine Bescherung!

22

Evelyne Stein-Fischer

Andere Kinder kriegen morgen Geschenke. Ich krieg eine Schwester. Eine winzige, runzlige, stinkende. Als wäre ich den Eltern nicht genug!
Ich hab so ein neugeborenes Baby vor ein paar Monaten bei meiner Tante gesehen. Damals dachte ich mir: Sieht dem Orang-Utan-Baby im Zoo ziemlich ähnlich. Wenn Mama bloß nicht auf die Idee kommt, ein Baby zu produzieren. Bums! War es auch schon so weit. Die Eltern haben es erst mal für sich behalten, das Geheimnis. Als sie's mir dann gesagt haben, mit Glitzeraugen und Strahlelächeln, war Weihnachten noch weit. Und jetzt entschließt sich diese doofe *Irgendwerschwester*, wahrscheinlich genau morgen auf die Welt zu kommen, und Mama liegt im Krankenhaus, weil sie heute Morgen schon dachte, es ist so weit. Der Arzt hat ihr geraten, gleich dazubleiben, sollten Komplikationen auftreten, und weil der Weihnachtsstress zu Hause jetzt nicht gerade das Beste sei.
Stress hab *ich*!
Wer will schon mit zehn so einen schreienden

fremden Zwerg in seinem Zimmer? Das ist vielleicht eine feine Bescherung!
Noch dazu hab ich erst letztes Jahr durchgesetzt, dass ich einen eigenen Fernseher kriege. Jetzt kommt der Fernseher raus und das Baby rein. Wegen des Lärms und der angeblich schädlichen Strahlen, wie Mama behauptet. Das fängt ja gut an.

Wahrscheinlich sitz ich hier morgen allein vor dem Weihnachtsbaum und Papa hockt im Krankenhaus bei Mama. Er will unbedingt bei der Geburt dabei sein. Ich kann großzügig drauf verzichten. Aber mich wollen sie dort ohnehin nicht.
Sollte es morgen so weit sein, bring ich dich zu Tante Miriam, ruft Papa gerade aus dem Wohnzimmer. Das ist die mit dem Orang-Utan-Baby. Jetzt sieht es schon ziemlich menschlich aus, aber es sabbert und macht die Windeln voll. Wenigstens war es so klug, sich nicht einen vierundzwanzigsten Dezember auszusuchen, um die ganze Familie durcheinanderzubringen.

Papa ist schon heute total durcheinander und dieser Dreiundzwanzigste ist statt einem „Vor-Freude-Tag" ein „Jetzt-nicht-Tag!" geworden. Ganz egal, was ich Papa frage – dauernd heißt es: Jetzt nicht!

Er ist sogar schon Mittag aus dem Büro gekommen, wieselt herum, prüft die Stäbe vom Gitterbett, als könnte die Baby-Schwester heimlich abhauen, bevor sie noch da ist. Er ist echt hysterisch, obwohl Mama das Baby bekommt und nicht er!
Und ich Idiot hab mühsam ein urlanges schönes Gedicht für sie auswendig gelernt. Das ist echt eine Leistung für mich, weil ich Gedichte nicht ausstehen kann. Aber Mama schreibt selber welche, da dachte ich mir für Weihnachten diese Überraschung aus, denn überrascht wäre sie gewesen. Das Gedicht hat sieben Strophen und die letzten zwei hab ich selbst dazugedichtet und das Ganze am Computer ausgedruckt mit allem Drum und Dran. Mit farbiger Umrandung, Weihnachtssymbolen und einem Herz. Weil sie ja meine Mama ist.
Aber jetzt ist sie nicht mehr nur meine, sondern auch ihre, die von der doofen *Irgendwerschwester*, die sich schon jetzt wichtigmacht und glaubt, am gleichen Tag wie das Christkind erscheinen zu müssen.

Draußen schneit es. Dicht. In großen Segelflocken, die nicht gleich schmelzen, wenn sie landen.
Mal sehen, wie Papa reagiert, wenn ich ihn jetzt frage, ob er mit mir einen Schneemann bauen will.

Das haben wir lange nicht mehr gemacht, weil es auch lange nicht mehr so schon geschneit hat. Wenn Papa wieder *jetzt nicht* sagt, hau ich ab und geh zu Oliver rüber Bei dem riecht es bereits seit Tagen nach Weihnachten, weil sie den Baum schon aufgestellt haben und seine Mutter jede Menge duftender Kekse bäckt. Und Vanillekipfel. Die hab ich besonders gerne, weil sie fast auf der Zunge zergehen wie die Schneeflocken da draußen. Nur eben süß und vanillig und nussig.
Bei uns ist das Backrohr kalt und null Kekse warten auf mich. Ob die Eltern überhaupt dran gedacht haben, mir Geschenke zu kaufen? Hat Mama nicht erst vor einer Woche gesagt: „Ein Kind, das noch dazu um Weihnachten herum geboren wird, ist das schönste und größte Geschenk der Welt!"
Gilt das auch für mich und krieg ich nun bloß die *Irgendwerschwester*? Für Papa gilt es auf jeden Fall. Er hat Mama zugenickt und sehr glücklich ausgesehen, noch glücklicher als in dem Augenblick, als seine Fußballmannschaft am Vorabend in der achtundachtzigsten Minute doch noch ein vier zu drei geschossen hat.
Ich hab auch versucht, mich über das, was die Mama gesagt hat, zu freuen. Echt. Aber es ist mir nicht gelungen. Mama hat es wie immer gemerkt

und mir beruhigend über den Kopf gestrichen „Du bleibst *unser* Andreas. Unser großer Andreas!"
Und ich wollte ein kleiner Andreas sein. Ein ganz kleiner.
Ohne Eindringling in der Familie.
Aber vielleicht wird ja doch noch alles gut.

Papa spricht gerade mit meiner Mutter am Telefon.
„Und – was sagt der Arzt dazu? Ach so … Und wie lange geht das schon? … Meinst du? … Also ich weiß nicht … Ich würde an deiner Stelle …"
Mama scheint ihn ziemlich unwirsch zu unterbrechen, weil Papa ihr nur mehr zuhört und eine Weile nichts sagt. Ich kann mir schon vorstellen, was sie gerade geantwortet hat: *Ich weiß sehr gut, was ich zu tun habe. Hör auf, immer alles schwarzzusehen. Damit hilfst du mir nicht. Mach dir bloß keine Sorgen.* Das sagt sie immer und Papa macht sich weiter Sorgen. Ich sehe es ihm an, als er den Hörer auflegt.
„Ist was?", frage ich.
„Mama klingt nicht gut. Sie hat im Augenblick ziemliche Schmerzen. Dabei haben wir gemeinsam das richtige Atmen geübt. Das *Schmerz-Wegatmen* in dem Kurs zur Vorbereitung für Gebärende."

Schon das mochte ich nicht, als Papa in der letzten Zeit mit meiner Mutter zu dem komischen

Kurs gegangen ist. Als würde *er* das Baby kriegen. Mama hat mir erklärt, dass die Unterstützung durch den Vater wichtig ist. Wenn er sich auskennt, kann er Mama im richtigen Augenblick helfen, sich zu entspannen.
Und wer hilft mir? Ich bin auch ganz schön unter Spannung.
„Vielleicht fahre ich später noch mal zu ihr", sagt Papa. „Es ist wichtig für sie."
Klar ist es wichtig. Das verstehe ich. Und ich will, dass Mama keine Schmerzen hat. *Ich* bin jetzt nicht wichtig. Das begreife ich auch. Jetzt ist die *Irgendwerschwester* dran und zum ersten Mal möchte ich, dass sie sich ein bisschen beeilt, auf die Welt zu kommen, damit Mama endlich von ihr befreit ist. Vielleicht noch heute, und wir feiern morgen meinetwegen mit der Kleinen gemeinsam Weihnachten. Vielleicht sieht sie ja auch nicht aus wie ein Orang-Utan-Neugeborenes und benimmt sich. Babys schlafen meistens ohnehin die ganze Zeit.

„Baust du mit mir einen Schneemann, Papa?" Ich fordere Papa richtig heraus. Er soll jetzt nicht an Melanie denken. So wird die *Irgendwerschwester* heißen. Er soll sich jetzt mal um *mich* kümmern!
Ich oder sie. Jetzt oder nie.

Papa rauft sich erst noch mal kurz das Haar, überlegt sichtlich, ob er zu Mama fahren oder bei mir bleiben soll.
„Also gut", sagt er plötzlich. „Vielleicht lenkt mich das ab. Los, gehen wir in den Garten, der Schnee ist jetzt gerade richtig. Aber ich nehm das Handy mit, damit ich erreichbar bin."

Beißend kalt fühlen sich die Hände an, als wir uns erst mal mit Schneebällen bewerfen. Richtig ausgelassen, so als wäre alles wie immer. Dann beginnen wir, den Mann aus Schnee zu bauen. Schicht für Schicht wächst er heran. Bald gibt es in unserem Garten drei: mich, Papa und den Schneemann. Er kann durchs Fenster ins Wohnzimmer sehen und morgen mit dabei sein, wenn wir feiern, obwohl wir dieses Jahr noch nicht einmal einen Baum gekauft haben.
Plötzlich sagt Papa: „Wir haben ein Geschenk für dich, du wirst staunen!" Ich spüre es gleich: Diesmal handelt es sich nicht um die *Irgendwerschwester*, sondern um ein richtiges Geschenk.
„Es ist ziemlich groß", sagt Papa und deutet die Form mit den Händen an, aber ich errate es trotzdem nicht. Ahne es bloß und kriege Herzklopfen. Aufgeregt streiche ich dem Schneemann über die eisige Glatze. Er besitzt keinen Hut und auch kei-

ne Karottennase. Er ist nackt und hat Steinaugen. „Schau“, sagt Papa plötzlich, geht in die Hocke und fährt mit der flachen Hand über den großen runden Schneebauch. „Fast wie der von Mama.“
„Aber viel kälter und nichts drin“, sage ich genervt und härter, als ich wollte.
Papa blickt zu mir auf. Ich habe ihm mit meinem Satz einen Schrecken eingejagt, aber ich weiß nicht genau, weshalb. Ich versuche ein Lächeln, doch es gelingt mir nicht.
„War bloß ein Witz“, sage ich. „Ein blöder.“
Papa kommt aus der Hocke hoch und schaut mir fest in die Augen, nimmt meine beiden Hände.
„Das war kein Witz und es war auch nicht blöd“, sagt Papa ruhig und bestimmt. Eine Weile schweigt er, während er mir weiter prüfend ins Gesicht sieht. „Du hast Angst und auf eine bestimmte Art hab ich sie ebenfalls, wenn auch aus einem anderen Grund als du.“
„Das klingt alles sehr kompliziert. Du siehst einfach wieder mal schwarz, Papa.“ Aber Papa ist stur im Schwarzsehen. Seine gute Laune ist weg und die Sorge um Mama und was alles bei der Geburt mit ihr und dem Kind geschehen könnte, ist wieder da.
„Jetzt beruhig dich doch, Papa. Was hat denn der blöde Schneemann mit der Mama zu tun! Sie ist nicht allein in dem Krankenhaus, außerdem ken-

nen die sich dort aus. Babys kommen dort jeden Tag fröhlich schreiend auf die Welt. Dort gibt's jede Menge Ärzte und Schwestern. In dem Krankenhaus sind sie doch auf Geburten spezialisiert!"
„Ich weiß." Papa zieht seinen Schal dichter um den Hals. „Komm, mir wird langsam kalt, gehen wir rein."
Er kontrolliert, ob das Handy auch wirklich eingeschaltet ist, obwohl es nur mehr eine halbe Minute bis in die Wohnung ist, in der das Telefon steht.

Papa setzt sich mit mir aufs Sofa und wir reden über das Leben. Wie zwei Männer. Papa sagt, dass das Leben ein Wunder ist und jeder Augenblick und jeder Mensch kostbar.
„Auch die bösen Menschen?", frage ich.
„Sie sind nicht böse geboren", sagt Papa. „Von Geburt aus sind die Menschen gut, daran glaube ich nun mal. Später kann leider viel geschehen und hat Einfluss auf sie. Es kommt auch darauf an, mit welchen Genen ein Mensch geboren wird. Welches dieser Gene im Laufe des Lebens mehr zum Tragen kommt und welches nicht."
„Melanie hat gute Gene", sage ich plötzlich.
„Bestimmt", sagt Papa. „Genau wie du!"
„Und ich pass auch auf, dass sie sie behält!"
„Ich wusste es!" Papa lacht.

Ich bin mir zwar nicht im Klaren, was er genau damit meint, aber mir genügt, was ich jetzt in diesem Augenblick weiß: dass ich mich irgendwie, wenn auch nicht mächtig, auf diese kleine I*rgendwerschwester* freue, die ab morgen zu uns gehört.

Geschenke sollen Freude machen

23

Ephraim Kishon

Damit Klarheit herrscht: Geld spielt bei uns keine Rolle, solange wir noch Kredit haben. Die Frage ist, was wir einander zu den vielen Festtagen des Jahres schenken sollen. Wir beginnen immer schon Monate vorher, an Schlaflosigkeit zu leiden. Der Plunderkasten „Zur weiteren Verwendung" kommt ja für uns selbst nicht in Betracht. Es ist ein fürchterliches Problem.
Vor drei Jahren, zum Beispiel, schenkte mir meine Frau eine komplette Fechtausrüstung und bekam von mir eine zauberhafte Stehlampe. Ich fechte nicht.
Vor zwei Jahren verfiel meine Frau auf eine Schreibtischgarnitur aus karrarischem Marmor – samt Briefbeschwerer, Brieföffner, Briefhalter und Briefmappe –, während ich sie mit einer zauberhaften Stehlampe überraschte. Ich schreibe keine Briefe.
Voriges Jahr erreichte die Krise ihren Höhepunkt, als ich meine Frau mit einer zauberhaften Steh-

lampe bedachte und sie mich mit einer persischen Wasserpfeife. Ich rauche nicht.
Dieses Jahr trieb uns die Suche nach passenden Geschenken beinahe in den Wahnsinn. Was sollten wir einander noch kaufen? Gute Freunde informierten mich, dass sie meine Frau in lebhaftem Gespräch mit einem Grundstücksmakler gesehen hätten. Wir haben ein gemeinsames Bankkonto, für das meine Frau auch allein zeichnungsberechtigt ist. Erbleichend nahm ich sie zur Seite: „Liebling, das muss aufhören. Geschenke sollen Freude machen, aber keine Qual. Deshalb werden wir uns nie mehr den Kopf darüber zerbrechen, was wir einander schenken sollen. Ich sehe keinen Zusammenhang zwischen einem Feiertag und einem schottischen Kilt, den ich außerdem niemals tragen würde. Wir müssen vernünftig sein, wie es sich für Menschen unseres Intelligenzniveaus geziemt. Lass uns jetzt ein für allemal schwören, dass wir einander keine Geschenke mehr machen werden."
Meine Frau fiel mir um den Hals und nässte ihn mit Tränen der Dankbarkeit. Auch sie hatte an eine solche Lösung gedacht, hatte nur nicht gewagt, sie vorzuschlagen. Jetzt war das Problem für alle Zeiten gelöst. Gott sei Dank.
Am nächsten Tag fiel mir ein, dass ich meiner Frau zum bevorstehenden Fest doch etwas kau-

fen müsste. Als Erstes dachte ich an eine zauberhafte Stehlampe, kam aber wieder davon ab, weil unsere Wohnung durch elf zauberhafte Stehlampen nun schon hinlänglich beleuchtet ist. Außer zauberhaften Stehlampen wüsste ich aber für meine Frau nichts Passendes, oder höchstens ein Brillantdiadem – das einzige, was ihr noch fehlt. Einem Zeitungsinserat entnahm ich die derzeit gängigen Preise und ließ auch diesen Gedanken wieder fallen.

Zehn Tage vor dem festlichen Datum ertappte ich meine Frau, wie sie ein enormes Paket in unsere Wohnung schleppte. Ich zwang sie, es auf der Stelle zu öffnen. Es enthielt pulverisierte Milch. Ich öffnete jede Dose und untersuchte den Inhalt mit Hilfe eines Siebs auf Manschettenknöpfe, Krawattennadeln und ähnliche Fremdkörper – ich fand nichts. Trotzdem eilte ich am nächsten Morgen, von unguten Ahnungen erfüllt, zur Bank. Tatsächlich: meine Frau hatte 260 Pfund von unserem Konto abgehoben, auf dem jetzt nur noch 80 Aguroth verblieben, die ich sofort abhob. Heißer Zorn überkam mich. Ganz wie du willst, fluchte ich in mich hinein. Dann kaufe ich dir also den Astrachanpelz, der uns ruinieren wird. Dann beginne ich jetzt, Schulden zu machen, zu trinken und Kokain zu schnupfen. Ganz wie du willst.

Gerade als ich nach Hause kam, schlich meine Frau, abermals mit einem riesigen Paket, sich durch die Hintertüre ein. Ich stürzte auf sie zu, entwand ihr das Paket und riss es auf – natürlich: Herrenhemden. Eine Schere ergreifen und die Hemden zu Konfetti zerschneiden, war eins.
„Da – da!", stieß ich keuchend hervor. „Ich werde dich lehren, feierliche Schwüre zu brechen!"
Meine Frau, die soeben meine Hemden aus der Wäscherei geholt hatte, versuchte einzulenken. „Wir sind erwachsene Menschen mit hohem Intelligenzniveau", behauptete sie. „Wir müssen Vertrauen zueinander haben. Sonst ist es mit unserem Eheleben vorbei."
Ich brachte die Rede auf die abgehobenen 260 Pfund. Mit denen hätte sie ihre Schulden beim Friseur bezahlt, sagte sie. Einigermaßen betreten brach ich das Gespräch ab. Wie schändlich von mir, meine kleine Frau, die beste Ehefrau von allen, so völlig grundlos zu verdächtigen.
Das Leben kehrte wieder in seine normalen Bahnen zurück.
Im Schuhgeschäft sagte man mir, dass man die gewünschten Schlangenlederschuhe für meine Frau ohne Kenntnis der Fußmaße nicht anfertigen könne, und ich solle ein Paar alte Schuhe als Muster bringen. Als ich mich mit dem Musterpaar unterm

Arm aus dem Haustor drückte, sprang meine Frau, die dort auf der Lauer lag, mich hinterrücks an. Eine erregte Szene folgte.
„Du charakterloses Monstrum!", sagte meine Frau. „Zuerst wirfst du mir vor, dass ich mich nicht an unsere Abmachung halte, und dann brichst du sie selber! Wahrscheinlich würdest du mir auch noch Vorwürfe machen, weil ich dir nichts geschenkt habe ..."
So konnte es nicht weitergehen. Wir erneuerten unseren Eid. Im hellen Schein der elf zauberhaften Stehlampen schworen wir uns zu, bestimmt und endgültig keine Geschenke zu kaufen. Zum ersten Mal seit Monaten zog Ruhe in meine Seele ein.
Am nächsten Morgen folgte ich meiner Frau heimlich auf ihrem Weg nach Jaffa und war sehr erleichtert, als ich sie ein Spezialgeschäft für Damenstrümpfe betreten sah. Fröhlich pfeifend kehrte ich nach Hause zurück. Das Fest stand bevor, und es würde keine Überraschungen geben. Endlich!
Auf dem Heimweg machte ich einen kurzen Besuch bei einem mir befreundeten Antiquitätenhändler und kaufte eine kleine chinesische Vase aus der Ming-Periode. Das Schicksal wollte es anders. Warum müssen die Autobusfahrer auch immer so unvermittelt stoppen. Ich versuchte, die Scherben zusammenzuleimen, aber das klappte nicht recht.

Umso besser. Wenigstens kann mich meine Frau keines Vertragsbruches zeihen. Meine Frau empfing mich im Speisezimmer, festlich gekleidet und mit glückstrahlendem Gesicht. Auf dem großen Speisezimmertisch sah ich, geschmackvoll arrangiert, einen neuen elektrischen Rasierapparat, drei Kugelschreiber, ein Schreibmaschinenfutteral aus Ziegenleder, eine Schachtel Skiwachs, einen Kanarienvogel komplett mit Käfig, eine Brieftasche, eine zauberhafte Stehlampe, einen Radiergummi und ein Koffergrammofon (das sie bei dem alten Strumpfhändler in Jaffa unter der Hand gekauft hatte).
Ich stand wie gelähmt und brachte kein Wort heraus. Meine Frau starrte mich ungläubig an. Sie konnte es nicht fassen, dass ich mit leeren Händen gekommen war. Dann brach sie in konvulsivisches Schluchzen aus: „Also so einer bist du. So behandelst du mich. Einmal in der Zeit könntest du mir eine kleine Freude machen – aber das fällt dir ja gar nicht ein. Pfui, pfui, pfui. Geh mir aus den Augen. Ich will dich nie wieder sehen …“ Erst als sie geendet hatte, griff ich in die Tasche und zog die goldene Armbanduhr mit den Saphiren hervor. Kleiner, dummer Liebling.

24

Der gestohlene Weihnachtsbaum

Hans Fallada

Ein wesentlicher Unterschied zwischen Kindern und Erwachsenen ist der, dass die Großen ungefähr wissen, was sie vom Leben zu erwarten haben, die Kinder aber erhoffen noch das Unmögliche. Und manchmal behalten sie damit sogar recht.

Seit Mitte Dezember der erste Schnee gefallen war, dachte Herr Rogge wieder an den Weihnachtsbaum und die alljährlich wiederkehrenden endlosen Schwierigkeiten, bis er ihn haben würde. Die Kinder aber nahmen allmorgendlich ihre kleinen Schlitten und zogen in den Wald, den Weihnachtsmann zu treffen. Natürlich war es einfach lächerlich, dass es in diesem Lande mit Wald über Wald keine Weihnachtsbäume geben sollte. Überall standen sie, sie wuchsen einem gewissermaßen in Haus, Hof und Garten, aber sie gehörten nicht Herrn Rogge, sondern der Forstverwaltung. Der alte Förster Kniebusch aber, mit dem Herr Rogge sich übrigens verzankt hatte, verkaufte schon längst keine Baumscheine mehr. „Wozu denn?“, fragte er. „Es kauft ja doch keiner einen. Und wenn sie sich ihren Baum lieber ›so‹ besorgen, habe ich doch den Spaß, sie zu erwischen, und ein Taler Strafe für einen Baum, den ich ihnen aus den Händen und mir ins Haus trage, freut mich mehr als sechs Fünfziger für sechs Baumscheine.“

So würde also Herr Rogge sich entweder den Baum „so“ besorgen müssen – was er nicht tat, denn erstens stahl er nicht, und zweitens gönnte er Kniebusch nicht die Freude –, oder er würde achtzehn Kilometer in die Kreisstadt auf den Weihnachtsmarkt fahren müssen zur Besorgung eines Baumes, der ihm vor der Nase wuchs – und das tat er erst recht nicht, und den Spaß gönnte er Kniebuschen erst recht nicht. Blieb also nur die unmögliche Hoffnung auf den Weihnachtsmann und seine Wunder, die die Kinder hatten.

Gleich hinter dem Dorf ging es bergab, einen Hohlweg hinunter, in den Wald hinein. Manchmal kamen die Kinder hier nicht weiter, über dem schönen sausenden Gleiten vergaßen sie den Weihnachtsmann und liefen immer wieder bergan. Heute aber sprach Thomas zum Schwesterchen: „Nein, es sind nur noch drei Tage bis Weihnachten, und du weißt, Vater hat noch keinen Baum.

Wir wollen sehen, dass wir den Weihnachtsmann treffen."
So ließen sie das Schlitteln und traten in den Wald. Was der Thomas aber nicht einmal dem Schwesterchen erzählte, war, dass er Vaters Taschenmesser in der Joppe hatte. Mit sieben Jahren werden die Kinder schon groß und fangen an, nach Art der Großen ihren Hoffnungen eine handfeste Unterlage zu verschaffen. –
Der alte Kakeldütt war das, was man früher ein „Subjekt" nannte, wahrscheinlich weil er so oft das Objekt behördlicher Fürsorge war. Aus dem mickrigen Leib wuchs ihm ein dürrer, faltiger, langer Hals, auf dem ein vertrocknetes Häuptlein wie ein Vogelkopf nickte. Wenn der Herr Landjäger sagte: „Na, Kakeldütt, denn komm mal wieder mit! Du wirst ja wohl auch allmählich alt, dass du vor den sehenden Augen von Frau Pastern ihre beste Leghenne unter deine Jacke steckst", dann krächzte Kakeldütt schauerlich und klagte beweglich: „Ein armer Mensch soll es wohl nie zu was bringen, was? Die Pastern hat 'ne Pieke auf mich, wie? Und Sie haben auch 'ne Pieke auf mich, Herr Landjäger, wie? Natürlich in allen Ehren und ohne Beamtenbeleidigung, was?" Und bei jedem Wie und Was ruckte er heftig mit dem Häuptlein, als sei er ein alter Vogel und wolle hacken. Aber er wollte nicht

hacken, er ging ganz folgsam und auch gar nicht unzufrieden mit.

Wir aber als Erzähler denken, wir haben unsere Truppen nun gut in Stellung gebracht und die Schlacht gehörig vorbereitet: hier den alten Förster Kniebusch, der gern Tannenbaumdiebe fängt. Dort den Vater Rogge in Verlegenheit um einen Baum. Ziemlich versteckt das anrüchige Subjekt Kakeldütt mit großer Findigkeit für fragwürdigen Broterwerb und als leichte Truppen, die das Gefecht eröffnen, Thomas mit dem Schwesterchen, ziemlich gläubig noch, aber immerhin mit einem nicht einwandfrei erworbenen Messer in der Tasche. Im Hintergrund aber die irdische Gerechtigkeit in Gestalt des Landjägers und die himmlische, vertreten durch den Weihnachtsmann.

Alle an ihren Plätzen –? Also los!

Das Erste, was man durch den dick mit Schnee gepolsterten, stillen Wald hört, ist: ritze-ratze, ritze-ratze … Kakeldütt, erfahrener auf dunklen Pfaden als der siebenjährige Thomas, weiß, dass ein Tannenbaum sich schlecht mit einem Messer, gut mit einer Säge von den angestammten Wurzeln lösen lässt.

Herr Rogge, in Zwiespalt mit sich, greift nach Pelzkappe und Handstock: Hat man keinen Tannenbaum, kann man sich doch welche im Wal-

de beschauen. Kniebusch stopft seine Pfeife mit Förstertabak, ruft den Plischi und geht gegen Jagen elf zu, wo die Forstarbeiter Buchen schlagen. Die Kinder haben unter einem Ginsterbusch im Schnee ein Hasenlager gefunden, hinten ist es zart gelblich gefärbt.
„Osterhas Piesch gemacht!", jauchzt Schwesterchen.
Die alte gichtige Brommen aber hat schon zwanzig Pfennig für den Kakeldütt, der ihr weiß wohl was besorgen soll, bereitgelegt. Ritze-ratze … Ritze-ratze …
Förster Kniebusch – die akustischen Verhältnisse in einem Walde sind unübersichtlich –, Förster Kniebusch ruft leise den Hund und windet. „I du schwarzes Hasenklein! War das nun drüben oder hinten –? Warte, warte …"
Ritze-ratze …
Thomas und das Schwesterchen horchen auch. Schnarcht der Weihnachtsmann wie Vater –? Hat er Zeit, jetzt zu schnarchen –?! Friert er nicht –? Erfriert er gar – und ade der bunte Tisch unter der lichterleuchtenden Tanne?!
Ritze-ratze …
Herr Rogge hat die Fußspuren seiner Kinder gefunden und vergnügt sich damit, ihre Spuren im Schnee nachzutreten, mal Schwesterchens, mal

Brüderchens. Auch er findet das Hasenlager, auch er spitzt die Ohren. Thomas wird doch keine Dummheiten machen, denkt er. Ich hätte doch in die Stadt fahren sollen.
„Ach nee, ach nee", stöhnt ganz verdattert Kakeldütt, wackelt mit dem Vogelkopf und starrt auf die Kinder. „Wer seid denn ihr? Ihr seid wohl Rogges –?"
„Das ist der Weihnachtsbaum", sagt Thomas ernst und betrachtet die kleine Tanne, die mit ihren dunklen Nadeln still im Schnee liegt.
„Weihnachtsbaum – Weihnachtsmann", brabbelt Schwesterchen und sieht den ollen Kakeldütt zweifelnd an. Ist das ein echter Weihnachtsmann? Enttäuschung, Enttäuschung – ins Leben wachsen heißt ärmer werden an Träumen.
„Ich hab 'nen Baumschein vom Förster, du Roggejunge", verteidigt sich Kakeldütt ganz unnötig.
„Hilfst du mir auch bei unserer Tanne?", fragt Thomas und greift in die Joppentasche. „Ich hab ein Messer."
In Kakeldütts Hirn erglimmen Lichter. Rogges haben Geld. Sie zahlen nicht nur zwanzig, sie zahlen fünfzig Pfennig für einen Weihnachtsbaum. Sie zahlen eine Mark, wenn Kakeldütt den Mund hält. „Natürlich, Söhning", krächzt er und greift wieder zur Säge. „Nehmen wir gleich den –?"
Herr Rogge auf der einen, Förster Kniebusch auf

der andern Seite den Tannen enttauchend, sehen nur noch Thomas und Schwesterchen.
Keinen Kakeldütt.
„Thomas!“, ruft Herr Rogge drohend.
„Rogge!“, ruft Kniebusch triumphierend.
„Nanu!“, wundert sich Thomas und starrt auf die Äste, die sich noch leise vom weggeschlichenen Kakeldütt bewegen.
Der Sachverhalt aber ist klar: ein abgeschnittener Baum, ein Junge mit einem Messer in der Hand …
„Ich freue mich, Rogge“, sagt Kniebusch und freut sich ganz unverhohlen. „Stille biste, Plischi!“, kommandiert er dem Hund, der in die Schonung zieht und jault.
„Du glaubst doch nicht etwa, Kniebusch?“, ruft Rogge empört. „Thomas, was hast du getan?! Was machst du mit dem Messer?“
„Deinem Messer, Rogge“, grinst Kniebusch.
„Hier war 'n Mann“, sagt Thomas unerschüttert. „Wo ist der Mann hin?“
„Weihnachtsmann“, kräht Schwesterchen.
Kinder zu erziehen, ist nicht leicht – Kinder vorm Antlitz triumphierender Feinde zu erziehen, ist ausgesprochen schwer. „Komm einmal her, Thomas“, sagt Herr Rogge mit aller verhassten väterlichen Autorität. „Was machst du mit meinem Messer? Woher hast du mein Messer?“ Er gerät

Messer? Woher hast du mein Messer?" Er gerät unter dem Blick des andern in Hitze. „Wie kommt die Tanne hierher? Wer hat dir gesagt, du sollst eine Tanne abschneiden?"
„Hier war 'n Mann", sagt Thomas trotzig im Bewusstsein guten Gewissens. „Vater, wo ist der Mann hin?"
„Weihnachtsmann weg!", kräht Schwesterchen.
„Sollst du lügen, Tom?", fragt Herr Rogge zornig. „Ekelhaft ist so was! Komm, sage ich dir ..." Und mit aller väterlichen Konsequenz eilt er mit erhobener Hand auf den Sohn zu. Ausgerechnet angesichts von Kniebusch als Waldfrevler erwischt! Nichts mehr scheint eine väterliche Tracht Prügel abwenden zu können.
„Halt mal, Rogge!", sagt Förster Kniebusch mit erhobener Stimme und zeigt mit dem Finger auf den frischen Baumstumpf. „Das ist gesägt und nicht geschnitten."
Rogge starrt. „Wo hast du die Säge, Junge?"
„Hier war 'n Mann", beharrt Thomas.
„Und recht hat der Junge, und du hast unrecht, Rogge", freut sich der Kniebusch. „Da die Spuren – das sind nicht deine und nicht meine. – Und du hast überhaupt meistens und immer unrecht, Rogge. Damals, als wir uns verzürnt haben, hattest du auch unrecht. Fische können nicht hören! Du bist rechthaberisch, Rogge, und was war hier für ein Mann, Junge?"

„Ein Mann."
„Und wenn ich dieses Mal unrecht hab, aber ich hab's nicht, denn wozu hat er das Messer? – Damals hatte ich doch recht. Und Fische können sehr wohl hören ..."
„Unsinn – in den Kuscheln muss er noch stecken, Rogge! Los, Plischi, such, du guter Hund! Los, Rogge, den Kerl zu fassen soll mir zehn Weihnachtsbäume wert sein. Los, Junge, fass deine Schwester an, wenn du ihn siehst, schreist du!"
Und los geht die Jagd, immer durch die Tannen, wo sie am dicksten stehen.
„Weihnachtsmann!", ruft Schwesterchen. Die Tannennadeln stechen, und der Schnee stäubt von den Zweigen in den Nacken.
„Also lassen wir es", sagt nach einer Viertelstunde Förster Kniebusch missmutig. „Weg ist er. Wie in den Boden versunken. – Du kannst doch die Tanne brauchen, fünfzig Pfennig zahlst du, und so hat das Forstamt wenigstens was von dem Gejachter."
Aber wo ist die Tanne? Dies ist der Platz, denn hier steht der Stumpf – aber wo ist die Tanne?
„I du schwarzes Hasenklein!", sagt Förster Kniebusch verblüfft. „Der ist uns aber über, Rogge! Holt sich noch den Baum, während wir hier auf ihn jagen. Na, warte, Freundchen, wenn ich dir mal wieder begegne! Denn die Katze lässt das Mausen

nicht, und einmal treffe ich sie alle ... Gib mir das Messer, Junge, damit ihr wenigstens nicht leer nach Hause geht. Ist der dir recht, Rogge? Schneidet sich elend schlecht mit 'nem Messer, das nächste Mal bringst du besser 'ne Säge mit, Junge, weißt du, einen Fuchsschwanz ..."

„Kniebusch –!", schreit Herr Rogge förmlich. Aber auf diesen Streit der beiden brauchen wir uns nicht auch noch einzulassen, er ist schon alt und wird aller Wahrscheinlichkeit nach noch sehr viel älter werden.

Jedenfalls fasste Thomas auf dem Heimwege seine Meinung dahin zusammen: „Ich glaube, es war doch der Weihnachtsmann, Vater. Sonst hätt er doch nicht so verschwinden können, Vater! Wo der Hund mit war."

„Möglich, möglich, Tom", bestätigte Herr Rogge.

„Aber, Vater, klauen denn die Weihnachtsmänner Weihnachtsbäume?"

„Ach, Tom –!", stöhnte Herr Rogge aus tiefstem Herzensgrunde – und war sich gar nicht im Klaren darüber, wie er diesen Wirrwarr in seines Sohnes Herzen entwirren sollte. Aber schließlich war in drei Tagen Weihnachten. Und vor einem strahlenden Tannenbaum und einem bunten Bescherungstisch werden alle Zweifel stumm und alle Kinderherzen gläubig.

Quellenverzeichnis

Texte

Eva Bartoschek-Rechlin, Das Wegzeichen. © Alle Rechte beim Rechtsnachfolger der Autorin

Eva Corino, Advent. © Alle Rechte bei der Autorin

Xenia D. Cosmann, Gleich ist Weihnachten. © Alle Rechte bei der Autorin

Rita Fehling, Das attraktive Seifenschälchen. © Alle Rechte bei der Autorin

Stefan Gemmel, Der ganz besondere Adventskranz. © Verlag edition zweihorn

Ephraim Kishon, Geschenke sollen Freude machen. Aus: Arche Noah Touristenklasse © 1962 by LangenMüller in der F.A. Herbig Verlagsbuchhandlung GmbH, München

Toni Lauerer, Der Apfent. Aus: Toni Lauerer, Endlich wieder geschafft. Weihnachtsgeschichten. 9. Auflage 2013, MZ-Buchverlag in der Battenberg Gietl Verlag GmbH, Regenstauf

Andreas Malessa, Vorweihnachtsblitz aus trübem Himmel. Aus: Weihnachts-Licht-Geschichten © Brunnen-Verlag Gießen 2004

Dietrich Mendt, Fahndung nach St. Nikolaus. Aus: Dietrich Mendt: Von der Erfindung der Weihnachstfreude © Evangelische Verlagsanstalt GmbH, Leipzig 1999

Christa Spilling-Nöker, Als der Barbarazweig erblühte. Aus: Christa Spilling-Nöker, Weihnachtsglanz erhellt dein Herz © 2017 Verlag Herder GmbH, Freiburg i. Br.

Christa Spilling-Nöker, Weihnachten für Hakim. © Alle Rechte bei der Autorin. Aus: Ulrich Sander (Hg.), Weihnachten - eine Zeit voller Wunder. Das Lesebuch zum Fest © Patmos Verlag, Verlagsgruppe Patmos in der Schwabenverlag AG, Ostfildern 2018. www.verlagsgruppe - patmos.de

Gerhard P. Steil, Weihnachten mit Otto. © Alle Rechte beim Autor
Evelyne Stein-Fischer, Eine feine Bescherung! © Alle Rechte bei der Autorin
Nina Stögmüller, Der krumme Tannenbaum. Aus: Raunächte erzählen. Ein Lese- und Märchenbuch zu den zwölf heiligen Nächten im Jahr. © Verlag Anton Pustet, Salzburg, 2016
Hortense Ullrich, Der Schneemann. Aus: Sabine Both, Freche Mädchen - frecher Advent. Illustriert von Birgit Schössow © 2010 von Planet! in der Thienemann-Esslinger Verlag GmbH, Stuttgart
Jürgen Werth, Meine ersten Versuche mit der Stille. Aus: Jürgen Werth, ... psst Stille finden in einer lauten Welt. S. 58 f. © Gerth Medien, Asslar, 2009

Illustrationen

© avian/Fotolia, © mann/Fotolia

Wir danken allen Rechteinhabern für die freundliche Abdruckerlaubnis. Der Verlag hat sich bemüht, alle Rechteinhaber in Erfahrung zu bringen. Für zusätzliche Hinweise sind wir dankbar.